ふたつの蜜月

銀座小悪魔日記

蝶々

DOUBLE HONEYMOON
GINZA KOAKUMA NIKKI
by CHOCHO

宙出版

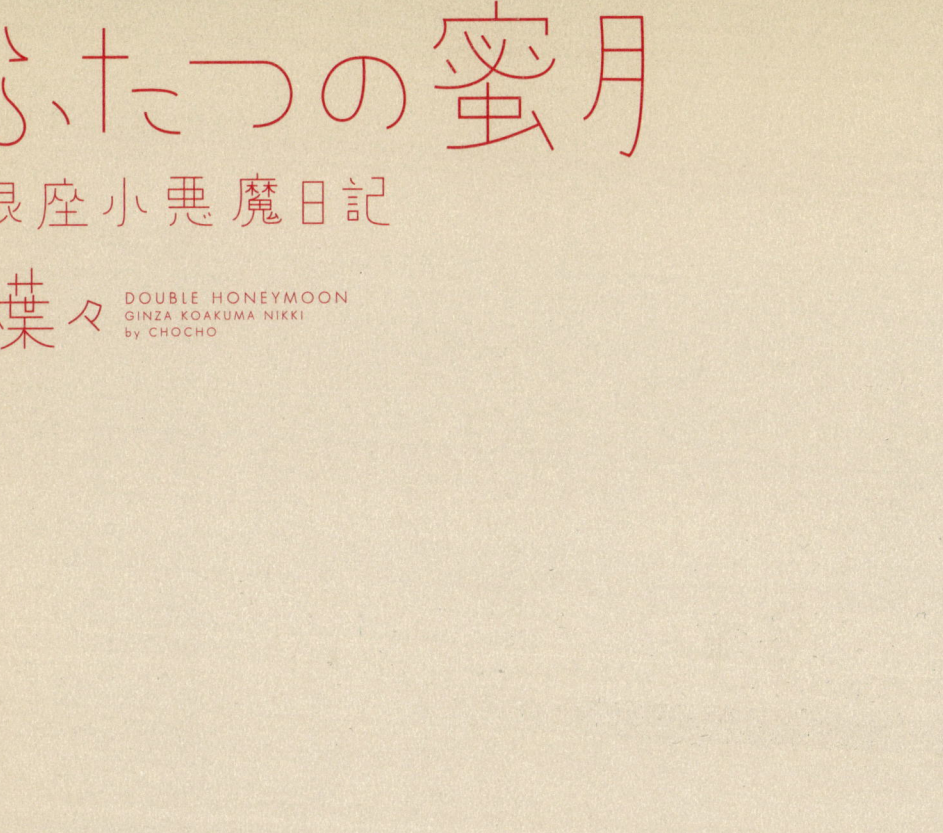

その春。

3年半の交際期間を経、あたしたちは、いっしょに暮らし始めた。

「どうせなら、買おうか。この先も、ずっと一緒にいるんだし」と、

ダーがプレゼントしてくれた、ウォーター・フロントの新築3LDKマンションで。

リビングのTVもベッドも、ダイニングの無垢のテーブルも、キッチンの冷蔵庫も、

お風呂のツボグッズにいたるまで、都内中を歩き回って、

キャッキャいいながら、二人で選んだ。

「これからは、ホントに、ずっと一緒なんだなー」と、蝶々も思ってた。

あの夜、彼と再会するまでは。

CHARACTERS

登場人物相関図

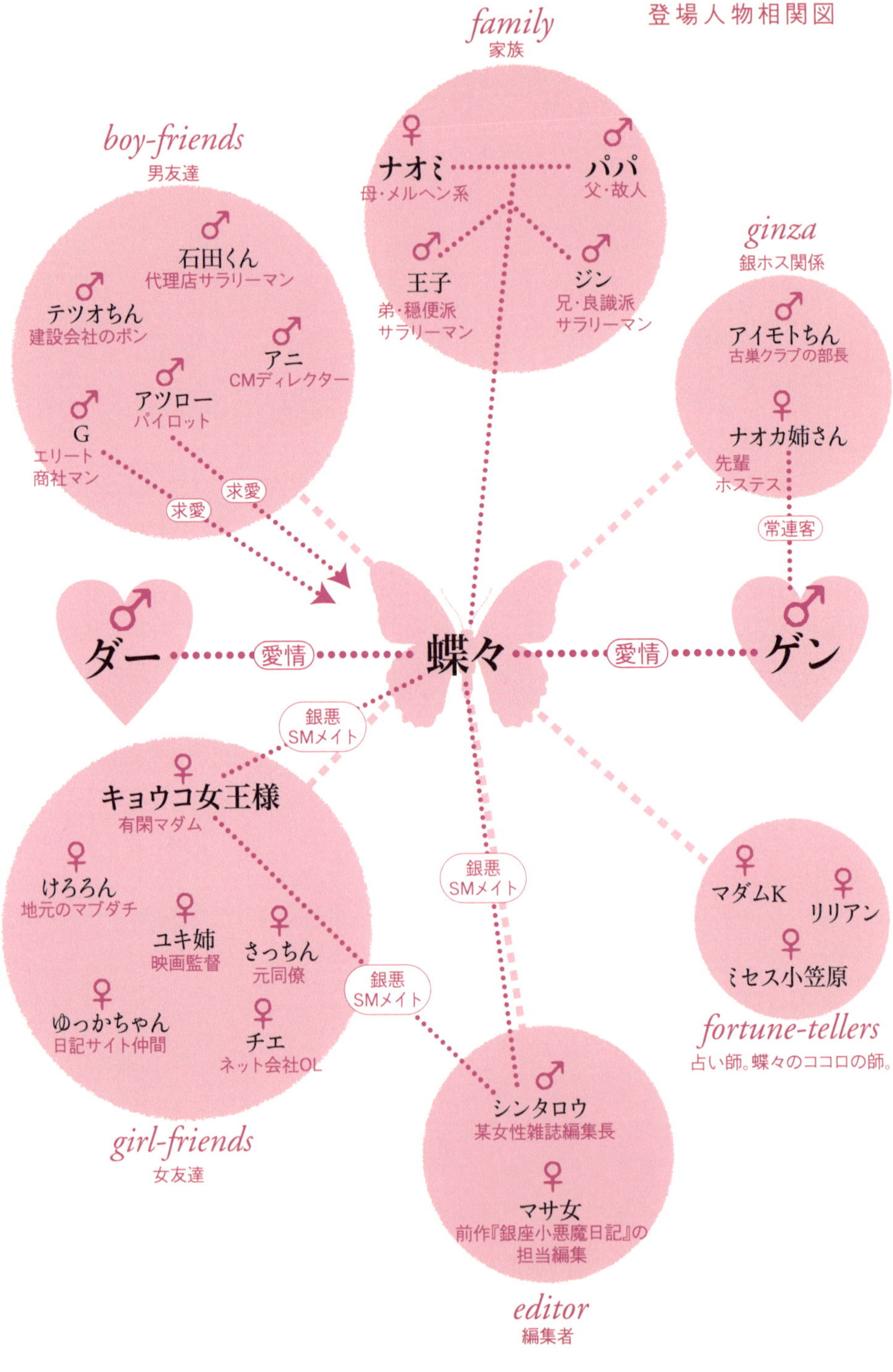
family
家族
♀ ナオミ
母・メルヘン系
♂ パパ
父・故人
♂ 王子
弟・穏便派
サラリーマン
♂ ジン
兄・良識派
サラリーマン
boy-friends
男友達
♂ 石田くん
代理店サラリーマン
♂ テツオちん
建設会社のボン
♂ アニ
CMディレクター
♂ アツロー
パイロット
♂ G
エリート
商社マン
求愛
求愛
ginza
銀ホス関係
♂ アイモトちん
古巣クラブの部長
♀ ナオカ姉さん
先輩
ホステス
常連客
♂ ダー
愛情
蝶々
愛情
♂ ゲン
銀悪
SMメイト
♀ キョウコ女王様
有閑マダム
♀ けろろん
地元のマブダチ
♀ ユキ姉
映画監督
♀ さっちん
元同僚
♀ ゆっかちゃん
日記サイト仲間
♀ チエ
ネット会社OL
girl-friends
女友達
銀悪
SMメイト
銀悪
SMメイト
♀ マダムK
♀ リリアン
♀ ミセス小笠原
fortune-tellers
占い師。蝶々のココロの師。
♂ シンタロウ
某女性雑誌編集長
♀ マサ女
前作『銀座小悪魔日記』の
担当編集
editor
編集者

CHOCHO

蝶々

20代後半の小悪魔OL。
銀座一流クラブでのホステス経験や過去の男たちに別れを告げ、
愛するダーリンと、結婚を前提とした同居生活をスタート。
が、因縁の男と再会。作家デビューもあいまって、人生激動中の女。

DARLING

ダー

蝶々の恋人。
赤門卒のコンサルタント。通称・デブ。
小悪魔・蝶々に出会い、妻子を捨て、とうとうマンション購入。
見た目はクマそっくりなのに、性格は羊のように温厚。
が、愛する蝶々の別の男の存在を知り、人格崩壊していく。

GEN

ゲン

蝶々の因縁の男。
米大卒の、ベンチャー企業社長。
濃い男前ルックスと、圧倒的な存在感、
型にはまらない自由な性格で、
ファザコンの蝶々が「パパにそっくり」と運命を感じ、
過去唯一、はまった相手。妻子あり。

NAOMI

ナオミ

蝶々の母親。
入籍をしないままのダーとの同居には大反対していたが、
マンションに招いたら、「頼りになる人♪」と態度一変。
夢見がちな性格ながら、ゲンキンな一面も。

PAPA

パパ

蝶々の父親。
2年前、脳溢血で突然死した蝶々の父親。
会社経営者で、遊び人。浮気騒動も数多のやんちゃもの。
ファザーコンプレックスの蝶々の恋愛・男性観に影響度大。

QUEEN KYOHKO

キョウコ女王様

蝶々の親友。
SMの女王様兼有閑マダム。3年前、バリ行きの機上にて、
たまたま隣り合わせになったのが縁で意気投合。
ダーの蝶々の愛は認めながらも、
「それでも、蝶々は蝶々らしく生きるべき」と折にふれ繰り返す。

ふたつの蜜月　銀座小悪魔日記　目次

本文挿絵／平野瑞恵

◎本書は日記サイト、
シングルトンズ・ダイアリー（株式会社デジタオ）に
「銀座小悪魔日記 2」として掲載された日記を
加筆修正しまとめたものです。

ふたつの蜜月に、揺れる5月

5/19 (sun)

運命の夜

ＧＷ明けの週末、はじめて訪れた銀座のクラブでゲンにばったり出くわした時、比喩ではなく心臓が止まるかと思った。ゲンもきっとそうだったし、あたしたちの一部始終を見ていたゲンの右腕・ジョーさんも顔色を失っていた。

対角線上に席をとっていたあたしたちが、あまりに深刻な表情でじーっと見つめあっているので、連れてきてくれた老紳士Dr.イトウちんも「大丈夫か？　あいつおまえをいつも追いかけていた客だろ？　今もしつこくされているのか」と心配していた。

「しつこくなんか、されてないよ。これまでつきあったどんな男より、キッパリ綺麗に別れてくれたよ。だからこそ、１日も忘れたことなんてなかったよ。とても受け取れなかったけれど、最後には、するつもりだった留学費用まで用意してくれたよ」と反論したかったけど、どうしても声が出てこないから、あたしは首を振っただけだった。

後からきたゲンと同じ店にいたのは、ものの10分くらいだったろう。一言も交わさなかった。

その後、明け方４時ごろ、１年ぶりに電話があった。「お前のデータは全部消すよ。じゃなきゃ俺は気が狂う」って言っていたのにね。

あたしはもちろん起きていたけど、どうしても出られなかった。

5/22 (wed) 昔の男がリニューアル

派手でやばくて何でもありで。生まれた街というだけあって、六本木とゲンは、ちょっと似ている。そのせいか、ゲンとのデートは六本木が多かった。「常連でした」とかうっかり書いて、パクられたら困るけど、だから全然知らないんだけど、ばくち場もあったしさ。

昨夜8時すぎ。仕事がちょっと押したのと渋滞が重なって、約束の時間にちょっと遅れて、あの頃さんざん通った鮨屋ののれんをくぐる。

タクシーの中で何度もコンパクトをあけて、じぶんの顔を見たけれど、チークじゃ挽回できないくらい顔色悪くてこわばっていた。1年ぶりのゲンとのデートだ。めずらしく、ゲンは先に着いていた。ビールを飲みながら、いつものようにケータイで誰かと話している。「さっさと切ってよ」って、電話も女も昔は全部やめてもらったけれど、今は黙って隣に座る。いくらあたしが〝恋愛ゴーマン女〟でも、〝昔の男〟に無理は言わない。

ゲンは、どうやら、おととし上場した自社の資金繰りの話をしていた。

彼は、親友にお金を無心されてもヤクザに喧嘩を売られても、態度はデカイが礼儀は正しい。「まいったな」と言いながら、いつも逃げずに対応してた。パッと見は、そりゃ六本木みたいにアヤシイけれど、本当は、知れば知るほど「あたしって墨汁ですね」とうなだれちゃうくらい、ココロが綺麗な人なんだよね。

数分後電話を切って、ゲンはあの大きな目で、あたしをじっと見つめた。やっぱり〝強い〟顔だなあ、他の男が紙みたいに見えるわけだよ、と妙に感心しながら、あたしもまじまじ見ていたら「蝶々は、しあわせなんだな」とぽつり。なんだか大きな愛情とやりきれない気持ちを感じて、あっさり涙が出そうになる。別れたあと、古巣でも待ち合わせに使っていたバーでも「ゲンちゃんが、蝶々を心配して荒れている」ってみんなから聞いていた。それでも「あいつが俺に、消えろっていうんだから」と、あたしには一切連絡をよこさなかった。今でもあれこれコナかけてくる（来週も関西から出てくるらしい…）浮気プリンスGとはしょせんぜんぜんタマが違う。

2軒目の生バンドの店で、肩を並べて座っているとき「クラブのナオカ姉さんに聞いているかもしれないけど…引っ越したんだ」って蝶々はようやく言った。言わないと、〝小悪魔〟どころか〝人間失格〟って気がしたので。

「彼と住んでいるのか」とゲン。

「うん」と蝶々。

勝手とはわかっているけど、目まいがするほど悲しかった。ゲンはしばらく固まっていたけれど、あたしの歪んだ顔を見て「女も仕事も適当にやってるよ。おまえは心配しなくていい」って格好つけて、あたしの頭をポンポンと叩いた。なのにすぐ「…おまえがさ、俺といると、人生がメチャクチャになるって言ってただろ？　だからあのあと俺は変わった。抜け殻になって生まれ変わった。嘘だと思うだろ？　でも本当なんだ。だから」。だから？　「新しいゲンとつきあえよ、全部やめて、おまえも新しくなれよ。そうだよ、きっとそれがいいよ」。

大音量の【Smoke on the Water】が、五臓六腑にあまりにズンドコ響くので、いろんな想いに耐えきれず、結局あたしは泣いてしまった。われながらヘタレ女。でも、ゲンの胸は昔みたいに温かかったよ。まるで亡くなったパパに再会できたような気がして、帰りのタクシーの中でも、家に着いても、嬉しいのか切ないのか、じぶんでもわからないままあたしはずーっと泣いていた。

家に帰ると、ダーの起きてる気配があった。が、いつもみたいに「うぉりゃ！」とか「ご主人様のお帰りだ！」とかかます気分にはとてもなれず、ベランダで明るくなっていく空を眺めながら、桃井かおりな表情で、ぼーっとタバコをふかす蝶々。

しばらくしたらダーがパジャマ姿で起きてきた。叱られる！　と身構えたら、「僕も吸ってみよっかな」とデブはタバコを求めてきた。朝帰りの理由も聞かれなかった。こんなことは初めてだった。

5/25 (sat)

好きな男はこませない

編集長・シンタロウさんと楽しく朝を迎え、「バイバイキン♪」と246で明るく別れても、タクシーでひとりになれば、現実が待っている。

「蝶々は、バイキンマンの〝ドキンちゃん〟そっくりだね」とダーはよく言うけど、〝ドキンちゃん〟って、毎日朝まで飲んだり、自分の男をベルトで打ったり、昔の男に心揺れたりするキャラなわけ？

シンさんと飲んでいる間は、シケっちゃうのが嫌で見ないようにしていたが、タクシーの中でやっぱりケータイチェックをしてみる。案の定、ゲンから3件電話とメールが入っていた。

午後9時35分「携帯がつながらない。赤坂で待つ」

午後11時00分「男子鉄腸を溶かす小悪魔(ギク)さん、何処？」

午前1時07分「今夜はあきらめたほうがいいんだな。でも、蝶々に遭いたい。馬鹿な男より」

…ごふっ。酔ってるカラダに、ボディブロー。「好きな男はこませない」って本当ね。小悪魔稼業も上がったりだよ。こんなつっこみどころ満載のメールたちに、気の利いたレスひとつ思い浮かばないとくら！

じぶんの行く末について、あれこれ考えていたら、うちに着く頃、なぜか異常に興奮してきてしまった。しかも家に着いて、ベッドルームをのぞくと、ダーは真っ白いお尻をこちらに向けて、ぐおーがおー眠っている。なにこいつ。あんたがそんなにシマらないから、ハニーは毎晩酒びたりなんでしょうが！　が、よく目をこらしてみると、ダーのむっちりヒップは、赤いひっかき傷だらけではないか。……ごめんねダーリン。凶暴なあたしで堪忍な、堪忍な…。

酔いも手伝って、感情があっちこっちへ飛ぶ蝶々。ボンテージ着たり、花魁《おいらん》のづらかぶったり、この情緒不安定っぷり、われながら恐ろしい。

酔いと気を静めるために、昨日から水揚げしておいたピンクのマーガレットを、朝っぱらから玄関の花瓶に飾る。花はいい。美しくはかなくて、でも生きていて、心が安らぐもの。…そういえば、ゲンも好きだったよね…ツツジと花ミズキの違い教えてくれたっけ…とまた心が乱れはじめたので、ぶんぶんと頭をふって、あわててベッドルームへ戻る。いやがるダーの両足をあげ、下半身にも活けてみた。


数時間だけ眠って、昼ごろ自転車で銀座へ向かう。きょうは6丁目の【LE CAFÉ BLEU】でゆっかちゃんとランチするの。予約を入れておいたので、居心地のいい中2階の席に通される。店名通り、ブルーを基調にしたスタイリッシュなインテリアと、ガラス窓からさしこむ光が気持ちいい店内で、ゆっかちゃんとランチワインを飲みながらあれこれおしゃべり。彼女とっても可愛いの。つきたてのおもちみたいに和ピュアな雰囲気なんだけど、食べてみるとガッと釘でも芯に入っているかんじ。…危ないな。

このシングルトンズ・ダイアリー・サイトで知り合ったのだがなぜか意外な縁があり、デブも含めて、もう3度ほど遊んでる。「デブさんって、可愛いもんね」「デブさんによろしく」「デブさんは捨てられないわよね」とゆっかはしきりに言う。

あたしだって可愛いと思うよ。あたしだって捨てられないよ。だけどゲンに会っちゃったのよ。だから、どうしたらいいかわかんない。

…デザートのガトーショコラを食べながら、女子ぶって相談してみようと思ったが、うまく伝えられる自信もなかったし、恥ずかしいのでやめた。でも、ガラじゃないことをしたくなるのが、恋なのかもしれないね。

夜、ダーと沖縄専門店【わしたで買ってきた泡盛とゴーヤーで晩酌をしながらも、あたしはずっと恋と愛について考えていた。もちろん何もわからなかった。考えるのは苦手なの。「人生は行動」がポリシーの女ですから。…馬鹿なだけ？　明日は満月らしいけどね。

5/26 (sun) 虹と現実

快晴の日曜日。

いつものように、すっかり日が高くなってから目を覚ます蝶々。横になったまま、う～んと伸びをしてみると、柔らかい肉塊に手が当たる。ぷに。めずらしく、早寝早起きデブが、隣にまだ横たわっているようだ。寝返りをうつのも面倒なので、天井を仰いだまま「どうしたの？」と尋ねてみる。

と、デブは息も絶え絶えなフリをして「ハア、ハア…、あたし…苦しいの…。熱が、ある、みたいなの…」と得意のオカマ攻撃を開始。…ははあ、遊んでほしいんだね、とすばやく趣旨を理解した蝶々は、気力をふりしぼって「おらよッ」と愛のクロスボンバーをお見舞いする。が、肉塊は「ぐっ」とうめくだけで、かんばしい反応がないわけよ。

【けんおんくん】で測ってみたら、ダーの熱は38℃もあった。……。

「オナカ出して寝るからでしょ！」と動けない野郎のデコを、音をたててぶちつつも、内心おののくあたくし蝶々。氷まくらをつくりながら、一昨日、シンタロウさんが語っていた、大竹しのぶの話を思いだす。「彼女、ひたむきゆえに、エネルギーが強いんだよ。だから彼女とまともにつきあう男は、みんな精根尽き果てちゃうの」。

……まさかね。そりゃ夜中に、タイクツだからダーを叩きおこしたり、勢いあまってベッドにボディ原爆落としたりすることも、ないとは言わないけれど、デブリンたいてい喜んでるし、鈍感だし、肥えてるし、健康だし、でもなんか発熱してるし…、あああああっ。キッチンで、ムンクの「叫び」状態になるあたし。

後ろめたさのせいか、熱気のこもるベッドルームが息苦しいので、あらかたデブの世話をしてから「おかんは仕事してますから」と、申し訳程度に頭をなでてリビングに脱出。

ため息をつきながら、ベランダのトマトに水をやっていると、ポケットのケータイが揺れる。「今日は、遭おうぜ」ゲンからのメールだった。この男は、あたしといても元気だったよね…後半、頭おかしくなってたけど…と思うと、何だかあの大きな温かさに励ましてもらいたい気分になり「近所で、ちょっとなら」とレスしてしまうあたし。速攻でシャワーを浴びて、出かける準備をすませてから、つとめて平静な顔をしてベッドルームのドアを開ける。「営業から電話があったから、ちょっと出社してくるね」とダーに告げ、外へ飛びだす。「うう、う〜」ダーはおでこに汗をいっぱいかきながら、毛深い手をふっていた。姥捨山な気分がした。


2時すぎ、ゲンと銀座のカフェで落ちあい、あたしの提案で品川水族館へ。やっぱりダーが気になるから、家に近いところのほうがよかった。

大きな公園の中にある水族館は、家族連れとカップルでいっぱいだった。ワケありのあたしたちも、知らんぷりしてまぎれこみ、名物のトンネル水槽や珍しい魚たちを手をつなぎながら見物する。群れをなす小さな魚もいれば、ひとりで悠々と海底でじっとたたずむふてぶてしい魚もいる。うす暗い水中で、さまざまな魚が織りなす複雑なその生態は、なんとなく、人間社会の縮図みたい。

ゲンには大事な家族がいて、あたしには可愛いダーがいて、パパが亡くなる1週間前に知りあって、ゲンはパパにそっくりで、あたしをずっと支えてくれて、怖い怖いと言いながら、あまりにも響きあうので、二人とも家に帰らなくなって、仕事も適当、お互いの友人たちともほとんど会わなくなって、ゲンの会社がN・Y進出することになった時「俺は家族を捨てられないし、おまえも彼に別れを告げられないんだろ。だったら、いっしょにあっちで暮らそう。黙って逃げよう。それしかない」って言われて。

そのとき初めて、あたしのほうが、正気に返ったんだよね。できない、って。

外に出たら、突然、雨がザーッと降ってきた。あわててそばの水上レストランに入り、雨やどり。ゲンはすごく勘がいい。あたしがじっと黙っているから、雷が光っても、ゲンもずっと口を開かなかった。小1時間ほどで雨がやみ、タクシーで銀座に戻る途中、ゲンが「虹だ」と言って、タクシーを止めた。雨に濡れてキラキラと光る勝島橋で、ふたりで見事な空を眺める。端から端までくっきり浮かび上がった、子どものころ絵本で見たような、完璧な虹だった。

と、突然「虹はすごくキレイだけど、実態はないんだよ。太陽の光が反射しているだけなんだ、だから、夕方の虹は東に出るんだよ」とプーケットでダーがつぶやいた台詞がよみがえる。実態は、ないのかな。

「やっぱり、帰る」とあたしが言うと、ゲンは「そうか」とうなずいた。声は怒っていたけれど、顔は泣いてるみたいだった。

5/27(mon) 天才デブ先生?

週明けからばっちり深夜残業後、よれよれになってタクシーで帰宅すると、デブの「う〜うあ〜」と言ううめき声に出迎えられる。…ベッドルームにいるデブが、ご主人様のご帰還をすばやく察知し、甘えているのである。が、「風水の基本は、玄関をキレイにすることなの!」と、平生あれほど言い聞かせているのに、玄関に靴もちらかしっぱなし。しかもなんだかぷ〜んと匂う。玄関に毎朝飾っているお花も台ナシだよこりゃ。…頭にきたので、放置決定。

ダイニングに直行し、TVをつけ、今はまっているドライいちじくをつまみにワインを飲んでいたら、「う〜う〜あ〜」と言いながら、しびれを切らしたデブが、しどけないパジャマ姿でご登場。

チラッと一瞥をくれ、そのままぷいっと無視してTV画面を見続けていたら、とことん放置に耐えられないデブ。「くうん、くうん」と犬のフリをして、タオル地のパジャマとひげ面を、あたしの背中にすりよせてくる。

「やーめーてーよッ！」と大声出したら、ダーもさすがにビクッとした。が、自らおでこに手をやりつつ「僕、熱があるみたいなの」と首をかしげてしつこくアピール。…ダーはどうやら最近、「僕って、マスコット系」と、完全にカンチガイしている模様。ま、あたしが浮気をごまかすため「可愛い可愛い」を長年連呼し、友達にも追従を強要してきたせいかもしれないけど。

…人間ってこんなあっさりダメになるもの？　ほんとコワイもんだよね。「…あ、そう。じゃ飲みなさい」とマグカップにメルローをどくどく注いでやり、「風邪にはワインがいいんだよ！」と嫌がるデブの口をこじあけ、無理矢理飲ませてやる。

「うえーうあー」と言いながら、デブは目をむいて、口の端から赤い滴をたらしていた。…ヒドイと思う？　ちがうの、こういうの、デブ喜ぶの。ノーマルな？　あたしにとっては、ほとんどボランティアなんだから。

さて、一気に摂取したワインが、衰弱気味のカラダにきいたのか、デブが、フローリングにどてっと倒れた。そこは心得ているあたくし蝶々。クローゼットからタオルケットを出してきて、ふわりと乗せてやる。「風邪ひかないでね」と優しく声をかけ、足でおなかを撫で、また放置。

ところが、数分後。洗面所でクレンジングしていたら、床で伸びていたデブが「うおあッ」と奇声を上げるではないか。何事かと思い泡だらけの顔のまま駆けつけると「蝶々、蝶々、きたきたきた～」と手足をジタバタさせている。血相を変え、「何が⁉」とあたし。「紙とペンを！」とデブ。…わけわかんないけど、なにやら面白そうなので、棚からルーズリーフとボールペンをとり、瀕死のデブにささっと渡す。

と、デブは、がばっと半身をおこして、何やらサラサラ書き出した。…？　なんだこれ。肩越しにのぞいてみると、どうも何かの数式らしい。πとかωとか、学生時代から見ると偏頭痛が起こる記号たちが、ノートにいっぱい綴られている。

「これでＮＨＫの世論調査も変わるな！」書き終えたデブりんはご満悦。ぽかんとしているあたしに向かって、文字通り機関銃のような怒濤の解説をはじめた。…はっきり言ってチンプンカンプンなんだけど。要約してみりゃ、どうやら、またなにか、発明のアイデアが浮かんだらしいよ(要約しすぎ)。

100％文系＆夜の現場系の蝶々には、ほんとにどうでもいいような話だが、とりあえずココは盛り上げとくか（ホステス癖）と考え直し、「デブさん素敵！　平成のDr.中松！」と首っ玉に抱きついてみた。喜色満面のデブも「もちろんさ!!　蝶々はほんとに玉の輿だね！」と汗ばんだ手であたしをギュッと抱きしめてくれる。

そのまま手をとりあってスキップしながらバスへ行き、お風呂で遊んで、愛のエクササイズして寝た。している間も、ゲンの顔は浮かばなかった。今夜の白星は、寄り切りで、天才デブ先生。

5/31 (fri)

愛ではイケない

「手料理を食べさせたり、その人の世話をしてあげたい」と思うのが〝愛の定義〟だとしたら、あたしはゲンを愛していない。

朝昼晩1日も欠かさず会いまくっていた当時でも、ゲンをじぶんのマンションに招いたことすらないのよね。だから、ゲンとは銀座以外の（ダーと黒服に見つかるから）都内のあらゆるホテルを泊まり歩いてた。あたしたちは裏六本木の〝最強コンビ〟だったので、二人でいるぶんには、お金に困ることはなかったから、毎朝のように、色ボケの顔をつきあわせて、ホテルのダイニングでパンをかじって、タクシーでいっしょに出勤していた。

イカレた心のどこかで、こんなふうに刺激的で、根なし草みたいな関係があたしたちには合っているし、もしゲンの言うように、部屋を借りたり、いっしょにN・Yに行くのなら、そのときはゲンにも、全部捨ててもらうつもりだった。いい加減なようでいて、そのへんあたしはきっちりしてる。「だから、おまえは怖い。ひきつけるだけひきつけて、裸にならなきゃ飛ばせてくれない」ってゲンは口グセみたいに言っていた。

モデル、ホステス、女優の卵、OLなど、職種はバラバラだが、いつも最低5人は女を抱え、上手にローテーションしながら面倒をみてきたゲンにとって、思い通りにならなくて「今のあなたじゃ話にならない。足りないってば」と、目をみてダメだしするような女の子は蝶々が初めてだったから、ゲンはどんどんはまっていき、ある晩、全部の女たちを切って「ちゃんとしました」って花束をもって、クラブに迎えにきたりした。優しいゲンにはつらかったと思う。

もちろん、そんなことじゃー女たちはおさまらず、あたしも何度か電話口に呼び出された。生活もかかった彼女たちは、罵り方も、そりゃすごかった。「…馬鹿野郎。恋愛世界こそ、弱肉強食だろ」と鬼のようなことをあたしは思っていたが、「あなたと彼の問題でしょう。私は関係ないと思います」と、淡々と答えていた。

…こう書くと、あたしが終始冷静にゲンをあやつっていたみたいだけど、じつはそれも正しくない。矛盾するみたいだけど、この関係を覚めた頭で図りながら、心はどんどん、一途で、通じ合えるゲンにひきこまれていったのも確か。パパを突然失った喪失感が、それに拍車をかけていたと思う。

そんなことをぐるぐる回想しながら、7時30分すぎ、TBSの裏手にある和食屋に着いた。ヒノキづくりの戸を開けると、おかみさんがいつもの個室に通してくれる。

ゲンが来る前に、勝手におつくりや、こんにゃく田楽、京菜の煮びたし等を頼み、熱燗を飲みながら、ふとダーのことが気になった（いまごろ何食べてるんだろ？）。

今夜は徹夜で打ち合わせだと嘘電話をしたばかりなので、聞くわけにはいかないけど、やっぱり自分が今しているることが、間違ってるような不安を覚える。

と、ゲンがやってきた。「おう」と言いながらあたしの前に腰を下ろすと、「…何考えてる？大丈夫か?」と訪ねた。ダーと違って、ゲンはあたしの気持ちをすぐ読みとる。「おまえは誰とつきあっていても、ずっと孤独だったんだろう。俺もそうだよ。普通の男にわかるわけがない。でも俺は、俺だけは、おまえの心の階段を降りていけるから」。

「…あいかわらずクサイね。しかも思い上がってるし。たいしたもんだよ」。「はは」。憎まれ口を叩きながらも、あたしがじーんとしてるの、ゲンはちゃんとわかっている。ほっとしたように笑っていた。

…それにしても、最近、じぶんがすごく怖い。ふたつの心と世界が、ちがうベクトルで、どんどん深まり展開していくんだもの。怖い怖いと言いながら、あたしはそれを、じっと見てる。「しかたないじゃん」と心のどこかでつぶやきながら。

結局、バクチにもバーにもいかず、ホテルOに泊まった。ゲンの腕がのびてきたとき、処女みたいに、からだがびくっと震えたよ。はじまったら、熱のせいかよかったせいか、ダーのことも、ごはんのことも、全部忘れてしまったけど…。

愛ではイケない女もいる。それがあたくし蝶々です。

6月

愛の
梅雨入りに、
ためらう

6/1 (sat) 外泊のち軟禁

ムカデがもぞもぞと、あたしの顔中をはい回っている。「ギャッ」という自分の声で目がさめた。…あー、ぎもぢわるい夢!!

おそるおそる辺りを見渡すと、ここは、いつものベッドじゃない。そうそう、ホテルOだったね…外は曇天みたいだね…しかも、頭上にはゲンの明るい笑顔があるね…。

「蝶々はほんと寝起き悪いなあ。俺がばったんばったん運動してても、ぴくりともしない」。ゲンったら、とっくに起きていて、タイクツしのぎにあたしの顔をつまんだり、指をはわせたりして遊んでいたみたい。…あのねえ。まだ熱は下がっていないらしく、頭の中が、カイロでも入れられたみたいにうだっている。が、ゲンに冷たいミネラルウォーターを口うつしに飲ませてもらって、ようやくピントが合う万年ぶっこわれ蝶々。

時計を見ると9時である。

(…連絡も入れずに、外泊、して、しもうた…)コトの次第に今ごろ気づき顔面蒼白。あわててテーブルの上に置いておいたバッグに飛びつき、ケータイを手にとる。

…気のせいか、ズッシリと重い。「まだプールは開いてないみたいだから、11Fで飲茶食おうぜ！」とか、のんきな声を張り上げるゲンを尻目に、ドキドキしながらケータイチェック。

着信7件&メール5通。Gと石田くんをのぞけば、ほとんどがダーからだった。最後のメールは、朝8時。…さっきじゃん。

「いったい今、どこで何をしている？　正直、不信感を持っている。説明してほしい――デブ」

「説明してやろう。今、ホテルOで、ゲンと朝食の相談をしている。――蝶」…なんて堂々とレスできるわけもなく、とにもかくにも、ダダッとバスルームへかけこむ蝶々。

だってカラダがぬるぬるしてる。綺麗に洗ってからじゃなきゃ、あたしデブの家に帰れないよ！

「おまえ、何…帰るの？」ゲンが不安と不信の入り混じった表情でバスルームをのぞいた。「うん」必死の形相で、泡まみれで首をゴシゴシ洗う蝶々。

「きょうは1日いっしょにいるんじゃないの？　美術館行って、今夜はメリディアンに泊まるんじゃないのか」ゲンの口調も、段々いらだってきた。

そういえば、昨夜5月の生暖かい風と日本酒に酩酊して、そんな約束をした気もする。ゲンも腕にギュッと力を込めて「…素直に、嬉しいよ」って言ってたから、そりゃ唖然《あぜん》とするでしょうね。…そりゃそうだ。そりゃそうだそりゃそうだ!!

「…だから、あたしはホテルなんか嫌いなんだって」逆ギレするあたし（最低）。

「嫌いって…おまえよくそういうこと言えるよな」ゲンの悲しげな声に、ぐっとつまったけれど

「ここはあたしのうちじゃない。あたしたちの家は、今の時点ではないんだから、しかたないじゃん。それぞれの家に帰ろう。やっぱりそう思ったの」。

「…もう、いいよ、わかったよ。家をつくる気もないくせに」とゲン。

昨夜、俺たちは、離れられるわけがないね、と頷きあったのに、もう二人はバラバラだ。当然だよね。

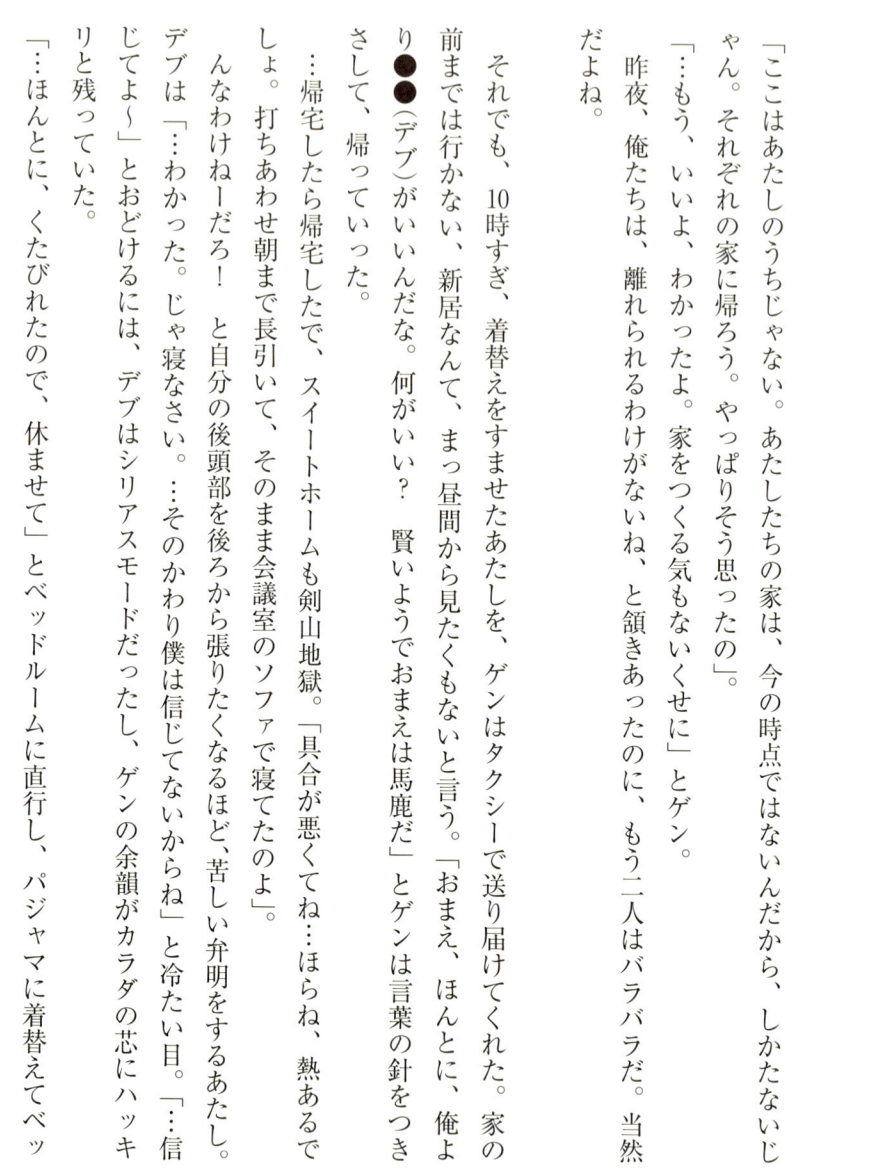

それでも、10時すぎ、着替えをすませたあたしを、ゲンはタクシーで送り届けてくれた。家の前までは行かない、新居なんて、まっ昼間から見たくもないと言う。「おまえ、ほんとに、俺より●●(デブ)がいいんだな。何がいい？　賢いようでおまえは馬鹿だ」とゲンは言葉の針をつきさして、帰っていった。
…帰宅したら帰宅したで、スイートホームも剣山地獄。「具合が悪くてね…ほらね、熱あるでしょ。打ちあわせ朝まで長引いて、そのまま会議室のソファで寝てたのよ」。
んなわけねーだろ！　と自分の後頭部を後ろから張りたくなるほど、苦しい弁明をするあたし。デブは「…わかった。じゃ寝なさい。…そのかわり僕は信じてないからね」と冷たい目。「…信じてよ〜」とおどけるには、デブはシリアスモードだったし、ゲンの余韻がカラダの芯にハッキリと残っていた。
「…ほんとに、くたびれたので、休ませて」とベッドルームに直行し、パジャマに着替えてベッドに入る。好きなのに、ウソじゃないのに、気づいて選んだはずなのに、また同じことして、結局ぜんぶおじゃんにするまで、あたしはこれを続けるのかな…って考え出したら、むなしみと自己嫌悪で、MY品乳も張り裂けそう。

と、デブがそっとドアを開ける気配がした。気まずすぎるので、じっと死んだフリをしていたら、デブがベッドにもぐりこんできた。蝶々の横顔を隣でじーっと見ているようだ。

「きょうは、どこにも行くなよ」いつもと違う大人の男みたいに、ウソ寝しつづけるあたしの頭を優しく撫でる。「熱があるからね。どこにも行くんじゃないよ。僕が看病するからね」って。

結局、1日中、あたしは軟禁されてた。デブもその間、どこにも出かけず、フローリングやら壁やら棚やらベランダやら、家のあちこちを一心不乱に磨いていた。

6/4 (tue) パイロットとアーティスト

朝っぱらから、品川区某所にある大病院にタクシーで乗りつけ、面会時間を待たずに、S氏(51・タニマチ)を見舞う蝶々。銀座ホステス時代の上客でもあり、プライベートの父兼タニマチでもあったS氏ってば、今回の検査で、胃癌(!!)らしきものが見つかったんだって。

「心配は、しないで下さい。それでも、僕は大丈夫です。キミとの約束(?)を守れないうちに死ねません。愛する愛する蝶々へ」と週末メールが入ってたけど、「心配、しない」わけにもいくまい。お肉の関係もないのに、長い間、ずいぶんあたしに尽くしてくれた（注：まだ存命中）稀有で大事なタニマチだ。一回り小さくなって「蝶々、蝶々」とはしゃぐS氏はイタかった。

しばらく病気にあてられぐったりしていたが、午後からようやく仕事もはかどりだし、8時30分すぎ、ようやく退社。中目黒に向かうべく、ダッシュで日比谷線に乗りこむ。

今夜はキョウコ女王様といつもの鮨屋でデートなの。


混雑する電車に揺られ、終点の中目黒にて構内に降り立つあたし。と、「すみません、ねえ、貴方」と、いきなりガシッと生腕をつかまれる。「ったく中目でもナンパかよ！」カッとなってふりむいてみたら。…なんとまあ、世にもケッタイな男ではないか。年の頃なら36、7。職業は似非《えせ》アーチスト風。つばつきの小さな帽子に、丸い伊達眼鏡。コート、パンツ、靴下にいたるまで、全身まっ白のコーディネート。ワンポイントは、足元のヘビ柄ローファーとくら。

…うっひー!!

「キミ、アートは、出会いのインプレッションだよ。ドゥーユーノー？」「あ、アイドントノウ…」腕をつかまれたまま、野郎のイカれたオーラに、すっかり気おされている蝶々。「キミが銀座で階段を降りてきたとき、インスピレーションがびびっと沸いた！　清楚なのに、著しいインパクトがあるキミ！　品のあるセクシー、怪しいのに可憐！　さあ、写真をとらせてくれないか！」。

…さあ！　って言われても。なんだこいつ。芸術男は、蝶々のしらけきった視線に気づいたのか「ヌードはアートじゃない。そして僕は巨匠なんだ」と言いわけしながら、ポシェットのようなバッグから名刺をとりだす。経験上、受け取ったほうが早く巻けるので、その黒い名刺をバッグにしまい「はーい、それでは」と、マッハで駆け出す蝶々。

キョウコは先に着いていた。芸術男の名刺を見せ、話をしたら「いいね、あとで呼びだそう」とおおはしゃぎ。その前に「蝶々に、ぜひ会いたい！　って男がいるんだけど、呼んでいい？」と言う。「いいよん」と言ったら、シドニー帰りのパイロット・アツロー（31・モデル系）が車を飛ばしてやってきた。何でも、アツローは端正な顔と真面目な性格で、国際線・国内線とわずスッチーたちに大人気なのに「色気がない人はだめなんだ」と言ってケンモホロロなんだって。「あいつ、紹介してやったモデルにも反応しないの。これはもう、蝶々しかいないと思って。生意気だから、こましてやって」と女王。「姐さんの頼みなら」とうなずく蝶々。にんまりと盃を交わす二人。

さて、どんなスカした奴かと思っていたら、アツローは、素直でシャイな可愛い男の子だった。「蝶々さんは」「蝶々さんは」と一生懸命あれこれ質問してくる。女王たっての頼みということもあり、蝶々も、ふだんは封印している技を駆使してキメてみた。

「キョウコさんに〝わたくしの友達で、会わせる男たちがみんな好きになっちゃう色っぽい女がいる〟って聞いていて、ずっと会いたかったんです」と、女王がトイレに立ったすきに、アツロー

「また、会ってもらえますか」。いやん可愛い。…って、ぜんぜんタイプじゃないんだけど。

それぞれの方向性で、興の乗った3人は、芸術男を深夜2時呼び出す。でさ。芸術男ってば、マジで出てくるの！【Chano-ma】と【オーガニックカフェ】で4人できゃーきゃー遊んじゃったよ。キョウコはAVの監督、アツローは男優、あたしは女優だと言ったら、芸術男は信じたらしく「やっぱり！すごい！」と大興奮。

なりきりキョウコ監督も、禁止用語連発で、キュー出したりして大立ち回り。…中目のいかした夜だった。

6/6 (thu) そう言われても

正直言って、20ン年間ずっと、別れた男と再び寝ることと、じぶんの日記を読み返す行為ほど、おぞましいことはないと信じていた。いったんテープできっちりくるんで捨てた使用済みのナプキンを、またじぶんで取り出して紐といて顔になすりつけるみたいなもんだよ！と、本気で思ってた。なのに。のにのに。

…今のあたしときたらどうよこれ。

亡くなったパパや親友のけろろんまで巻きこんで（Special Thanks!）、ようよう別れたゲンとまたあっさり復縁し、しかも合間には、本にするためとはいえ1年前にネットで書いた日記【銀悪1】を何度も読みなおし、孫悟空みたく頭痛に苦しめられつつも、編集のマサ女にお尻を叩かれて、しぶしぶリライト作業を進めている。個人的な小悪魔ザンゲのつもりで書き出した日記サイトが、こんな大さわぎになるなんて…。…人生ってどこでどうなるかわかんないね。うふ。ま、悩んでもしかたないから、気楽に明るく行ってみよう！　…と、じぶんでじぶんを励ましかない、けっこうお気の毒かもしれない今のあたし。

昨日の約束通り、今夜はゲンと会わなくちゃ。っていうか、あたしだって会いたいんだけど、物理的にも家庭的にも人生的にもゲンと会うと後がつらい。

あの時あれだけ痛い目にあって、そう悟ったはずなのに、夕方には6丁目の【BALI IN 銀座店】にいそいそ出かけ、美肌にテコ入れするあたし。…やる気まんまんかい！　と、自らつっこみを入れつつも、エステティシャンの温かいハンドマッサージにうとうとと眠ってしまう。

約1時間ほどの施術を受け、目覚めたら、なんだか気持ちまで霧が晴れたみたいにスッキリした。懐かしいかおりがするお香が焚きこめられたメイクルームで鏡をみると、お肌もばっちり。キメが整って、むき卵みたいにつるっつるなの。早く見せたい！　…ダーじゃなくてゲンに。と思う。

が、本業もなかなか忙しく、ゲンのオフィスについたのは、夜10時すぎ。ゲンの顔を見ると、やっぱりあたしドキッとする。汚物扱いしてごめん。ゲンは、先に飛んだN・Yのジョーさんと国際電話中だった。「おいで」と手ぶりであたしをまねき、懐にすっぽりおさめながら、片手で肩に乗せ、書けない話をあれこれしてる。ゲンのカラダでしか得られない子供みたいな安らぎに身をまかせながら、あたしは、兜町の夜景とひさしぶりのこの社長室をぼーっと眺めていた。

と、ふとデスクをみてびっくり。

臙脂《えんじ》の着物姿のホステス写真。ちょっと性格悪そうだけど、憂いのあるなかなかの女だね…って。ちょっと、これって、あたしじゃん!! もしやずっと飾っていたの?

目を丸くしているあたしを見て、話し中のゲンは横顔でウインクする。思い出がよみがえる。あの着物、銀座を上がる直前に、ゲンが用意してくれた着物だったよね。着つけてもらって、帝国ホテルで食事しながら「おまえが銀座を上がるって決意して、いつでも会えるようになるかと思うと嬉しいけど、逆に、これでおまえは夜、いつも自由になるんだよな…」って言ってたゲン。「なんで? もっと二人きりでいられるようになるのに」と否定したのに、結局それはウソになった。

電話をきったゲンは、あたしを抱きかかえたまま、やさしく腕と頭をなでる。あたしたち、昔みたいに、いっぱい喋ったりしない。あきらめに似た空気が胸をつまらせ、言葉があまり浮かんでこないのよ。食事もとらずに、ゲンがオフィスの電気を消した。

終わったあと「蝶々は、俺が好きなんだろう? なのに、なんで俺は、いつもおまえの影の男

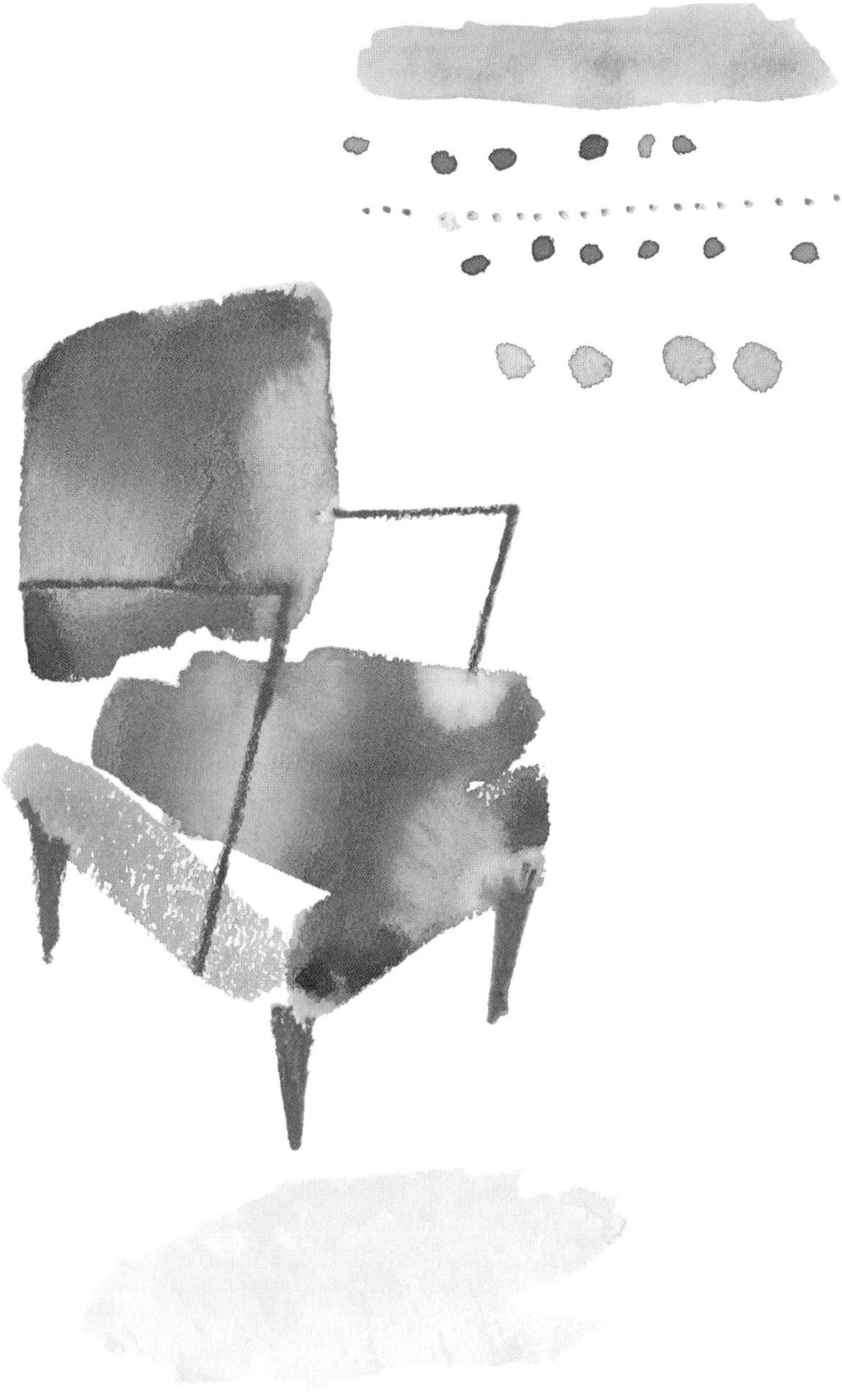

なの」とゲンが言う。何でだろうね、そう言われても、あたしには、もう答えが見つからないよ。卑怯よね。

6/8(sat) 女房は、曼珠沙華

さて、ダーリンの情操教育ツールとして、先月より蝶々大注目の『女房は、ドーベルマン』(野村克也著　双葉社刊)。

…これが、なかなかどうして、名著だったのである。

例の脱税スキャンダルを逆手にとった、タレント本だと思ったら大間違い。【平成の智恵子抄】とまでは言わないが、これは、ある夫婦の愛のあり方をみごとなまでに描ききった物語だ。

ノムさんの悲惨な生い立ちがつちかった、しぶといまでのハングリー精神、そして、いじけた性格ゆえの屈折しきった愛されたい願望。それゆえ、まっすぐで強い暴君サッチーへの憧れにも似た愛情…。「あんな女と夫婦でいる気がしれない」と市井の人々にいくら罵られても、ノム&サッチーは切れない鎖で結ばれていることがよ~くわかった。それにつけても、どこかうちのデブを彷彿とさせる、ノムさんのいじらしいこと。

…ハッキリ言って、デブよりあたし自身が胸を打たれてしまった。

早朝、ジンジン痛み出した親知らずを抜歯後、止めるダーをふりきって、銀座に出、福家書店にてこの本を立ち読みしていたら、声をかけられる。ふつう『女房は、ドーベルマン』を立ち読みしている女子に声はかけないと思うが、ま、人間も動物だから、これからの季節はしかたないのかも。男子の性欲高まってるところに、女たちが露出するから、ナンパが増えるのよね。でも蝶々、麻酔が切れてきて歯ぐきがジンジンするから、行きずりの男に思いやりしめす余裕なんてないわけ。で、きょうのケースは完全無視。

その後、【ロベルタ・ディ・カメリーノ】で、素敵なベージュ×グリーンのバッグを見つけたので、MYノムにケータイ。30分後、汗だくで到着し、買ってくれた。「…でも、まだ気が晴れない」と片頬腫らしたぶさいく顔で甘えたら「じゃビアガーデンに行こうか」と言う。「なるほど、アルコールで消毒ってわけね！」「そうさあ！」。ぜんぜん家庭の医学を知らない二人は、意気ようようと松坂屋の屋上へ。

茄子紺《なすこん》の空をあおぎつつ、気持ちいい初夏の風にあたりながら、バケツ並みの大ジョッキで乾杯する。未明より猛烈に苦しみはじめたあたしに、朝イチでやってる薬局探してタイレノール買ってきてくれたり、近所の歯医者にアポ入れて送り迎えしてくれたので「いい仕事したね」と誉められ、ダーは超ゴキゲン。「今夜は、僕、びしっと決めるよ」。頼んでもいないない仕事もする気まんまん。

で、ソーセージや枝豆、フライドポテトや串カツなどじゃんじゃん注文するが、あたし、どうもうまく食べられないの。酒で消毒してるはずが、どんどん食べ物に血の味が混ざってくるのよ。

数杯飲んで、紙おしぼりが赤く染まったところで、ようやくアルコールが出血を促進させることに気づいた蝶々。「…あんた、大変なことしでかしてくれたね！」とさっきまでの感謝もわすれ、モゴモゴ系の啖呵《たんか》をきって、宴は終了。

帰宅後、寝室にて『女房は、ドーベルマン』を読みながら、「ねえねえ、ノムさんたら、じぶんのこと、ひまわりにはなれない〝月見草〟だって。泣かすよね…」と落涙&流血しているあたしに、デブはのしかかってきて、無理やり愛のエクササイズ。

しかもいつものように勝手に果てた後、「♪うちの女房は曼珠沙華〜」と奇妙な節回しで歌い出した。

まんじゅしゃげ？　あの彼岸花のこと？？

いまいち意味がつかめず、ぐったりしつつも尋ねると「男の墓場や戦場で〜、美しく咲いているー、毒のある赤い花〜♪」だって。

…どうやらデブは馬鹿じゃない。最近気づいた。

6/9 (sun) 電気ブランと熟女の電波

ご存知の通り、浅草には、外人サンとすき焼き屋が多い。

「文明開化直後は、ここが一番の都会でね〜。牛肉を食べる習慣も真っ先に取り入れられたし、モボやモガ、文士のたまり場でもあったんだよ〜」と、中学生でも知っているようなうんちくを、嬉々として語るダーリン。

…そう、なぜかこの快晴の日曜日。東京の下町・浅草にて、デートしてんのあたしたち。

というのも、土曜日、何の電波が走ったのやら、デブりん突然「浅草に呼ばれている、行かなくちゃ」って騒ぎ出したのよ。相手をそのまま受け入れることの大切さを『女房は、ドーベルマン』にてふたたび学習した蝶々。抜歯後顔を腫らしながらも、菩薩スマイルむりやりこさえて「いいよ」と快諾。

それにしても、完全な夏日である。日焼け止めを塗り忘れたサンダルのつま先がみるみる真っ赤になるほどの暑さ。

午後、浅草駅に着くなり、たまらず近くの鮨屋に避難する。江戸前鮨と冷酒で、クールダウン&腹ごしらえをして、いざ浅草寺へ。観光客とじーさんばーさんでにぎわう仲見世を、人形焼きを買い食いしながら通り抜け、寺にて、まずおみくじをひく。ダーは大凶、蝶々は大吉。

…あたしの毎日ってば、本当に漫画みたい。あまりにも設定キャラ通りの結果を自ら導きだし、しゅんとしているダーリンに「もう1回ひけば」と優しく背中を押すあたし。

今度は吉だった。ほっ。

仲良くおまいりした後、「東京」と筆文字でプリントしてあるTシャツや、朝顔の扇子を買ったりしているうちに、下町デートもけっこう楽しくなってくる。

Ｎ・Ｙにぶじ着いたらしいゲンからは「蝶々や日本サッカー、俺がいなくて、大丈夫かな?」といい気全開のメールが届いていたけど、…悪いわね、ぜんぜん問題ないみたい。こうして、よく晴れた休日に、ダーと手をつないで下町を練り歩き、野郎のデコに日焼け止めクリームを塗りつけてやったりしていると、ゲンと過ごしたすべての夜は夢の中のできごとのような気さえする。

どんなにココロ惹かれ、誰より通じ合え、同時にときめく関係であっても、あたしにとってこの現実というか、そばにいて、いっしょに暮らすなじんだ肉体より近しいものはないのかもしれない。と思うと、ふとゲンが可哀相になる。そしてあたし自身も。週に1度しか家に帰っていないゲンだって、家があっての、めくるめくような恋なのかもしれないしね。

あれこれモノ思いながら、観光名所【神谷バー】で、4時からアルコール度40%の〝電気ブラン〟を飲み始めたら、酔いが異常にまわってしまった。隣に座っているダーも、黒ビールをチェイサーにがんがん飲んで、ゆらゆら、でへでへ、はしゃいでいる。汚らしいヒゲ面に泡をいっぱいつけて、もう!　可愛いったらありゃしない（変態）。「…あんた、可愛いね」と痣《あざ》になるほどホッペをいっぱいつねってやった。と、ダーリン。頬をひっぱられた情けないポーズのまま「僕ね～これは〝悪夢〟じゃないかなって、ずっと思っているんだあ～」とモゴモゴ嬉しそうに語りだす。「はあ?」

「蝶々に会ってね、惚れてね、家出して、子供まで置いて、こうしてキミに、ホッペや耳をいつもひっぱられている。僕は何をしているのかなあ。怖いくらいしあわせだけど、こんなことしていていいのかな。悪い夢みてるみたいだな、って時々、思うんだよ～」。

……何それ。あんた、だから最近毎朝びっしょり寝汗かいてるわけ?! 洗濯物多いと思ったよ! とムカッとしたが、なんとなく、わからないでもない。

酔っているのか泣いているのか、ダーが変な顔をして「蝶々～」と肩にもたれかかってきたので、あたしはそのモシャモシャ頭をなぜながら、「だいじょうぶ。悪い夢、一生みさせてあげるから」と、優しいんだか悪魔なのだかわからないような約束をしてしまった。

帰りは、泥酔したまま水上バスに乗り込むことにした。肌をなぶる優しい風とデブの手のぬくもりをかんじながら、夕日に照らされ、金色に光る隅田川の水面を眺める蝶々。吾妻橋、佃大橋、勝どき橋といくつもの橋をくぐりながら、「あたしも、どこかにたどりつくのかなあ」。だったら、良いけど。

ところで、ダーはなぜ、浅草に呼ばれていたのか。「わけわからん!」と思っていたが、甘味処の名店【梅むら】に向かう途中で、その理由は判明した。…なんだと思う? 浅香光代の事務所があったのよ。ミッチーよ、ミッチー!!

…あたしがノム&サッチーの愛に共鳴し、心酔していたからだろうか。「ちょっと、そのアマ、シメなさいよ！」というミッチーからの電波を、ダーリンは肥えたカラダでやわらかにキャッチしたのかもしれぬ。ほんと、漫画みたいなオチ。ふたりでゲラゲラ笑ったよ。…って、オチてるのかなこれ。

6/25 (tue) 亭主はやっぱり留守がいい

〝人生、出ずっぱり〟の蝶々も、本日は、代休なのである。

外はあいにくの雨だが、気分は快晴。「ひきこもるぜー」と午後、ひとりベッドでう〜んと満足げな伸びをする。と、伸ばした手の先に、なぜか、なじんだ肉塊が…。ぷにぷに。「…ちょっと、何でいるのよ？　会社は!?」驚いてパッチリと目を覚ますあたし。

「……」隣で胎児のように丸まっているダーは、質問に答えないばかりか、ダンゴ状のまま、なぜかあたしをじーとにらみつけている。「…なによ。また熱？」デコに手を伸ばしたら、ペシッと振り払われる。なんで。

「僕は…、僕は!!!　夢を見たんだ！」。ハアハア荒い息をしている。言いたくないけど、まるで手負いの豚のよう、でも、何やら深刻そう。〝万年白昼夢見てるだろ！〟などとはつっこまず、

しかたなくアゴで先をうながす蝶々。「この…このベッドの中に、〝上川隆也〟がいた！」はあ？…でね。ベッドで正座しながら聞いてみたら、まじ、くだらないの。いわく、二人寝てるベッドの中に、男がもぞもぞしてたんですと。で、逃げようとしたから、とっつかまえてやったんですと。そいつが上川隆也（松嶋菜々子の元彼ね）だったんですと。「何してんだ！」って聞いたら、「いい仕事…させていただきましたッ！」って答えられたんですと。

興奮状態で、すっかり説明し終えたあと、ダーはあたしの膝にがばっと抱きつき、「…蝶々、キミ、やっぱり浮気してるんじゃないのか!?　言ってくれ！　許すから！　許す努力はするから!!!」ヒゲ面をなすりつけてくる。…アホらしくて、声もでない蝶々。ったく、上川サンもいい迷惑だよ。反町にいちゃもんつけられるならまだしも、こんな見ず知らずのおっさんに。

加えて本人、きょうは「いっしょに代休とる。キミを管理しなくっちゃ」と言う。

うざったい。うざすぎる…。

頭にきたので無言でぷいっとリビングに行き、この愚かなダーの悪口を日記サイトに書き綴ろうと、ＰＣを立ち上げる。と、ダダダン、ダダダン。こんどは、ケチャダンスのような妙なステップをふみながら、デブがじりじり近寄ってくる。暑苦しい。

「ちょっと、あっち行っててよ」軽く怒鳴って威嚇《いかく》しても、「キミ、誰にメール打ってんの？誰なんだ、誰なんだ」まなこ血走ってるし。ベランダの花に水やっても、料理してても、本読んでても、この調子で、やたらまとわりついてくる。ゲンとリバーサイドでアフタヌーンティーするどころか、メール1本打つにも、トイレにケータイもっていかなきゃいけない始末。

「…出てって」。

夕方、とうとう、蝶々がキレた。あたしは本気で怒ると怒鳴れない。巫女のような静かな口調になるようだ。それを知り抜いているダーは、うってかわってひるんだ眼差し。「ど、どこへ…」。「どこにでも、摩周湖にでも」。

有無を言わさず、クローゼットから、ダーのデイパックをとりだして渡す。ついでに「これで」。サイフから5000円札も抜いてあげた。

ここまでされたら、小心者のダーはもう家にいられない。「行くよ？ ほんとに行っちゃうよ?」と玄関で大声を出しながらも、蝶々の返事がないので、すごすご小雨ふる街へ出かけていった。バタン。

ひとりになって、鍵を閉め、チェーンかけて、ようやくホッとする。ちょっと可哀相だけど、あたしだってたまには、誰にも邪魔されず、ひとりでココロ静かに休みたいのよ…。

というのはタテマエで、ほんとは、ゲンに会っていろんな話をしたかったのだ。が、ダーのカラダを張ったマーキングのおかげで、時すでに18時。こんな時間からゲンと会ったら、夕飯は作れない。そしたら後がもっと面倒くさくなる。蝶Ｆｕｃｋ！

代休どころか、ひとりの時間もままならず。主婦って、ほんと、大変ね。しかも旦那が居職《いじょく》だったら、最悪ね。あたしなら、3日で気が狂うと思うわ。時間とエネルギーをもてあますあまり、出向いたデパ地下で、歩いて帰れないほど、食材を買い込んでしまう蝶々。「おまえは、いったい、何をしているんだ」というゲンのレスがショックで、イカはさばくわ、ホワイトソースこさえるわ、凝った料理をつくっちゃったよ。

9時ごろ、追いだされたダーがご帰還。打たれた雨の滴で、フローリングをぽたぽた濡らしながら、おずおずあたしに近づいてきた「ごめんね」。なんか、謝ってるし。「いいよ。食べなよ」。いきがかり上、あたしはなぜか、威張ってるし。

…あー。こんな生活イヤ。ひとり暮らしに戻りたい。誰にも邪魔されず、好きほうだい遊びほうだい!!

いつもより、ゴージャスな食卓を囲みながら、あたしは痛烈に思ってた。梅雨のせいならいいんだけどね。

灼熱の地雷が、爆発する7月

7/6 (sat) カレーと花火とヒレカツ定食

夏と約束のない土曜日を、蝶々は愛している。

二日酔いの頭痛と吐き気に耐えながら、午前中になんとか起きて顔を洗いコーヒーを飲む。たいていデブりんはとっくに目覚めて掃除機をかけておいてくれるので、仕上げにCDを聞きながら、フローリングのふき掃除。ダイニングのベンジャミンやベランダの野菜&花に水をやり、洗濯物と布団を干し、超カンタンなブランチをしつらえる。落ち着いたら、スーパーと花屋に買出しに行く。

ふだん、仕事だ男だ小悪魔活動だ、と慌《あわただ》しい生活してると、普通の暮らしがすでにレジャー。楽しいったらありゃしない。ほんと、週1、2日でよければ「主婦ほど楽しい職業はない」ってつくづく思うわ。家事によって癒されて、満たされる。

さて、真夏日のきょうのメインイベントは、〝蝶々特製シーフード・カレーづくり〟。こうカーッと日差しが強いとさ、逆にHOTなもの食べたくならない？　先週からこのカラダが求めてたから、ちゃっかり、イカ・エビ・オマール貝・ホタテを、丑三つ時にさばいて白ワインかけて、冷凍してあんの。ふっふっふ。男と食べ物に関しては、労を惜しまぬ蝶々である。

素材と時間と【無印良品】のスパイス・セット（おすすめ！）を惜しみなくつぎこんで4時間かけてつくったカレーは、大成功。つくりたてでも、専門店の深い味。さすがにナンはないのでフランスパンを焼き「すごいすごい！」と、ダーと二人でおかわりする。白ワインもごくごく。

仲良く腹ごしらえをしたあとは、焼けつくような日差しの下、帽子をかぶってお台場へ。来週遊びにくるナオミ（53・母・メルヘン系）のために、あたらしいシーツを買おうと思って。


…うまく伝える自信がないが、こんな土曜日を、ケータイ切って1日過ごすと、きのうまでのゲンと過ごした濃い時間が、ぜんぶ蒸発していくみたい。ダーとカフェでお茶しながら、夕暮れの涼しい風にふかれていると「あれ？　あたし、きのう何やってたんだっけ？」なんて、真剣に痴呆症状態。〃生活〃って、すごいのだ。あんなに濃厚なゲンの存在をも、色褪《あ》せさせてしまうのだから。

と、ビルの谷間の上空に、突然ボンボンという、発火音が。「花火！」。ダーと手をつなぎ、子供のようにきゃっきゃ言いながらエスカレーターを駆け上がる。花火って、恋みたい。闇夜に宝石をばらまいたみたいにパアッと鮮やかにきらめいて、目を奪い、ココロをあやしくひきつけるけど…。

やがて、ちりぢりの火の粉になって、闇にかききえていく花火の様《さま》をうっとり見ているあたしの手を、デブりんがぐいっとひいた。「もう、行こうよ」。いやに、キッパリと男らしい。

「な、なによ?」。

「僕、〝トンカツ〟が食べたいんだよ。これはもう、命令なんだよ。このカラダが求めてるんだよ」。

「……」。

ま、お台場deトンカツも悪くなかった。何よりダーが喜んでたし…。

〝恋〟が花火なら、〝生活〟は、カレーとトンカツである。いくら恋する乙女でも、生きていくにはカロリーが必要なのよ…。

7/16 (tue) Pink Pink Pink

午前10時。ホノルル空港を降り立つなり、飛び込んでくるのは、目もくらむような太陽と天高くのびのびと生い茂るパームツリー。鼻腔をくすぐるココナッツの甘い香り、めいめいにビビッド・カラーの大胆な花々、爽やかかつ緩やかな風、あちこちで交わされる「アロハ」と人なつこい笑顔たち。はにかむ日本人ツアー客。誰が見たって文句なしにHAWAIIである。

テロに見舞われた昨年の愉快なマウイ旅行も含め、今回で来布6度目。蝶々、何気にリピーター

なの。だって、ここでのヴァカンスって、頭使わなくてすむから好き。それにしても、出国前のあのハードワークを思うと、ココは天国みたい。あまりに続いた睡眠不足に、フライト中も【I,am,Sam】も機内食も見ないままひたすら眠りこけていた蝶々。ダーにひきずられゲートを出、ハワイの明るい日差しを浴びたら、いきなりおなかがぐーっと鳴った。元気が出てきた証拠だよ！

さっそく迎えの白リムジンに乗りこみ、今回の宿〝ピンク・パレス〟こと、【ロイヤル・ハワイアン・ホテル】へ。道中ずっと「腹へった！　メシ食わせ！」と太ももをつねり続けたかいあって、ダーはホテル到着後、すぐホテル併設のオープンエア・ダイニング【サーフ・ルーム】にエスコートしてくれる。テーブルクロスもナプキンも内装も、すべて淡いピンクで統一されたロマンティックな海辺のレストランで、デブも目を丸くするほど、ガツガツとサンドウィッチを平らげるあたし。ほ。

ひと心地ついて、ようやくダーを思いやる余裕が出てきた。「ねえ、どこか行きたいとこある？」「ないなあ…」。これまた〝ピンク〟の名物Beerを飲みながら、頬を染め、ニコニコしているMYダーリン。「蝶々は？」「ないねえ…新しくできたスパくらい？」首をかしげるあたし。

そうなのよ。あたしたちのヴァカンスってこの上もなく原始的。プーケットだろうがモルジブだろうが、ひたすらビーチでうだうだして、お酒飲んで、食べていちゃついて寝る。この繰り返しなのである。正直いって旅をすると、ときおり麻薬探知犬化することをのぞけば、ダーとつきあっていてよかった、と思う。これが妙に向学心旺盛な男でさ「さあ、蝶々。カメハメハ大王のハワイ王朝統一を検証しに、ダウンタウンへ行こうじゃないか！」とか「ごらん。王朝に愛されたピンクハウスを。この肖像はね…」などと仕込んできたメモ読み上げるような男だったら、完全に成田離婚だったたと思うわ。

というわけで、怠惰な二人は、ランチ後、市内を申し訳程度にパトロールし、さっさとピンクの部屋に落ち着いて、オーシャンヴューを眺めつつ、全裸で昼寝。夕方起きて、明日のスパの予約を入れ、シャワーを浴び、ドレスとヘアをアップして、ロブスターを食べにデブおすすめのレストランへ。ココまでくれば、ゲンもタニマチも、営業も、【銀悪本】担当編集のマサ女も、物理的に会うことは不可能だ…。そう思うと、なぜだろう。この上なくのびのびとした気分になる。バターソースをからめた、あつあつのロブスターをつまみに、心ゆくまでシャンパンと赤白ワインを、がぶ飲みしちゃった。

部屋に戻って、ダーといっしょにバスに入り、愛のエクササイズ。終えたあと、仲良くピンクのバスローブを着る。これまた、なぜだろう？　ダーにはピンクがよく似合う。あまりにおかしいので、久々に、持参したチェキでパシャパシャ激写してあげる。すっかりその気になり、すすんでカラダをよじり、セクシーポーズを決めるダー。気分は、マリリン・モンローらしい。サービスで、ロミロミごっこや、ピンクのバスローブ紐にて縛ったり目隠ししてあげたら、こちらがひくほどはしゃいでいた。…ピンクのハワイ、第1夜。

7/17 (wed) アバサ de 極楽

やはりピンクは、恋人気分を盛り上げる色らしい。

ハワイ2日目。ピンクのロイヤルハワイアン効果か、周りのハネムーナー同様、すっかりラブラブモード再燃の蝶&ダーリン。ブランチに限りなく近い朝食も、【サーフ・ルーム】で、仲良く食す。

ここでは、抜けるような青空からサンサンと降り注ぐ太陽をさえぎるパラソルさえ、夢見るピンク色なのよ。これが盛り上がらずにいられようか。

「ねえ、このパンケーキ、生クリームをつけて食べるとおいし〜い、あーん」「本当だ、このシロップ漬けバナナも食べてごらん、はいあ〜ん」「おいし〜」「この鳥たちにも、パンをあげよう!」「食べてる食べてる」「キャハハハッ」みたいな。

…単に、暑さで頭がヤられただけかもしれないが、午前中からやたら幸福なのである。

すっかり元気フルチャージで、1時から満を持してのぞむのは、本日のメインイベント〝アバサdeエステ〟。やる気まんまんの蝶々は、予約の30分前に下着もつけずオリエンタルなドレス1枚姿で、ホテル庭園内にある【アバサ】を訪問。

ガイドに従い、スチームサウナとジャグジーを浴び、ほぐれたカラダを花や緑に囲まれたガーデンコートのベッドに横たえる。裸のボディにとろりとオイルをたらされてからは…。蝶々はもう、ブライアン（男性エステティシャン）の奴隷状態。ホノルルの風と光をまぶたの奥に感じつつ、極楽全身マッサージで、屋外にてあられもなく昇天する。

あまりに痴呆的な表情でハニーが部屋に戻ってきたので、ダーも少し驚いたらしい。「キミ、個室で〝本番〟ってことはないだろうね…?」かなり本気で詰問される。「良すぎちゃって、眠くて眠くてしかたないのよ…」と答えたら、いきなり激しいエクササイズ。単純な男である。

またまたシャワーを浴び、夕暮れ時、ホテルのプライベートビーチで、波とデブにたわむれながら、海に溶けゆくワイキキの見事な夕焼けを眺める。海が数分で温水になるかと心配になるくらい、燃えるようなオレンジだった。それにしても、ハワイって、海といい太陽といい花たちといい、何でこんなに色鮮やかなの？　負けずにどす黒くなった蝶々も、素直に感激。

さて夜は、タクシーに乗り込み【柳寿司】へ。毎度のことだがさんざん飲み食いし、すっかり出来上がった蝶＆ダーは、ホノルルに戻って街をゆらゆらウォーキング。と、「CHOCHO?!」【DFSギャラリア】の前で、外人に名前を呼ばれるではないか。

なんと、昔仲間の（ガイドに使っていただけ?）レオナルド！（34・イタリアン・美術商）。彼のこと、すっかり忘れていたけれど、レオも故郷の彼女連れだったので、ちょうどいいやと夜のクラブへ連れて行ってもらうことに。酔っぱらったデブも珍しく、男がらみのこの展開に大賛成。クヒオ通り裏のロコクラブで「いぇーい」と汗水たらして踊っていたよ。悲しいかな、おっさんなので、ノリは〝サタデー・ナイト・フィーバー〟なんだけど。が、ピンクとエステのヒーリング効果で、優しさ増しの蝶々は、それでもニコニコ笑っていたわ。

7/20 (sat)

最後のスコール

ホノルル最後の朝。

すやすやベッドで眠るダーと昨夜パッキングを終えた荷物たちを尻目に、窓辺のチェアーに体育座りし窓の外を眺める蝶々。帰国後のこと、やはりいろいろ考えて、最後の夜だというのに眠れなくなったのだ。ああ、ここにずっと二人でいられりゃ、あたしたちずっとシンプルに幸せなのにな、って。

と、突然、ザーッと雨が降り出した。明け方のスコール？　驚いて、窓から顔を出しパームツリーのそびえる天をあおぐ。霧のような細かい雨が、ほてった素肌に気持ちいい。中庭のうっそうと茂った緑たちも、いっせいにごくごく水を飲んでるみたい。

「ど、どこ行くの…」たまらず着替えをはじめたあたしに、気がついたダーがむにゃむにゃ。「ちょっと外でタバコ吸ってくる！」ノーメークにTシャツ姿で、バタンと部屋を飛び出す。

ロビーを降りてすぐの場所にある憩い用のクラシック・チェアで、ひとり腰をかける蝶々。朝5時である。いくらハワイアンが早起きだといっても、あたりにはなりをひそめる鳥しかいない。雨が上がるまで、ものの10分くらいだっただろうか。水を吸い、色を増していく緑たちの美しさと、立ち上る樹木の薫りを全身で甘受。世界中の自然をひとり占めしている？　とかカンチガイしそうなくらい、贅沢なひとときだった。

うっとりして部屋に戻ると、ダーはベッドで丸まりながらも起きていたらしい。「ただいま」と言ったら「おかえり」と、日焼けでまだらにピンク色になった上半身を起こす。たったいま吸い込んだばかりの自然の香りに酩酊しているあたしが、ふたたびチェアに腰かけ目を閉じていると、「ねえ、何を考えていたの？」とダーはしつこくたずねる。「何って？」意外な質問に驚くあたし。それでも答えを探してみた「自然ってすごいなあ、とか。今生きているってしあわせだよなあ、とか…？」。

「うそだい！」やおら声を荒げるデブ。「何で」「蝶々は、誰か別の人のことや過去のことを考えていたに違いないんだ！」ピンクのシーツをかぶって、でかい小山をつくったりして。

…くだらねえ。こんな雄大な自然の中にきてまで、この男、なんて小さいこと考えてんの?! 唖然とする蝶々。でも。この旅行中、ずっとダーは、夜中うなされて起きては「蝶々…今、こんな怖い夢みたよ」っていちいち教えてくれたのね。そのほとんどに〝蝶々〟は出てきて、いつだって、浮気したり他の男についていくの。最後はミイラにまで口説かれて前ノリで対応していたらしいよ。

…ヴァカンスにはしゃぎながらも、いろいろ反省させられた蝶々である。「大丈夫。そんなこと、ほんとにないよ」ダーの隣にいき、頭をなでながら（本当に、もうそんなことなければいいのに）と、思う。

安心したのか、ダーはふたたび寝息をたてはじめた。いつのまにか晴れ上がった外では、鳥たちがチュンチュンざわめきはじめた。9時になればリムジンが迎えにやってくる。あの毎日スコール&台風ラッシュの東京に帰るのね。

…ヴァカンスの終わりは、いつも切ないことである。

7/26 (fri) 危ない恋人

初対面の男性に「おまえは俺の子供を産む女だよ、すぐわかった。絶対だ」と真顔で断定されたら。あなたどう思う？

あたしなら、1億光年くらいは、ひくね。やばいよコイツ、電波電波…って、刺激しないようほほえみながら、後ずさりしてその場を立ち去ることだろう。

でも、客として出会ったゲンにクラブでそう言われた時は、不思議と不快に思わなかった。それどころか理屈のないゆえに強い説得力まで感じ、「あ、そうかもね」とその突拍子もない断定を、なぜだか素直に受け入れていた。

今思えば、あの出会いの瞬間から、あたしたちは二人ともヘンだった、とナオカ姉さん（銀ホス・32）は今も言う。何しろ10年以上クラブには適当に通っていたゲンが、「この子ともう帰りたいから、10万円でいい？」と財布を取り出しながら黒服に交渉しだしたのも初めてなら（もちろんNG）、男らしくておおらかだったゲンが、あたしが席につけない日は「おまえの仕切りが悪いんだよ。何年銀座やってんだよ」と、ナオカ姉さんにぶちぶち文句を言うようになったのも初めての体験（屈辱？）だったらしい。

あたしはあたしで、恋はそれなりにしてきたけれど、ゲンと会って、あのイっちゃってる強い目を見てはじめて【この世には、誰にでも〝本当の片割れ〟がいる】というおとぎ話を信じられ、これまでベストだと思っていた、お互いの世界と自尊心を守りながらさらっと付き合う恋愛関係が、心の底からアホらしくなった。

かけひきとか、保身のための優しさとか、フェイクの愛情ごっこなんて、しょぼすぎて反吐《へど》がでる。そうだ、そうだ！　と、じつは誰とつきあってもお互い孤独だった二人は、手加減のいらない格好のタフ・パートナーをようやく見つけ、嬉しくて楽しくて何でもできてエスカレートして、どんどん世間から浮き上がっていった。

あの頃あたしたちがしてきたこと、そして今二人がしていることを、この日記に書きあげたら、あたしもう普通の女の子扱いされず、「危ない女」の烙印をおされ（すでに？）追放されちゃいそう。ともかく、あまりにも楽しすぎて怖かった。そしてとうとう、カタギにまだ未練を残すちっぽけなあたしのほうが逃げ出して、終わった。なのに、恐れていた早すぎる再会。

会わなかった1年余。あたしはダーとの、穏やかな暮らしを満喫していた。あれは、パパが亡くなったショックから注意をそらせるための、神様が送ってくれた夢だったんだな、とのんきに忘れ去ろうと思っていた。

でもゲンは違ったみたい。「ぜったいまた会うと思っていた。だっておまえは俺の子供の母親になるんだから」と真顔で言う。「おまえと会っていない間、俺も蝶々も、俺とつきあう女たちも、蝶々とつきあう男たちも、みんな不幸だと思っていたよ」と、傲慢極まる、河村隆一もまっつぁおのくさい台詞を、１㎜のひるみもなく言う。「自分でもわかっているだろう？　普通の男なんて、おまえみたいな女には、もう、絶対、無理だよ」芝居がかった男の台詞など慣れきっている蝶々が、彼の台詞だけは笑い流せない。

あの、パパのお墓にて、身を切られる思いで別れた日からちょうど1年。ゲンは「来月また挨拶に行こう。今度は俺たちの子供のために、ケジメつけよう」と言っている。だからあたしはこの2日間、ゲンの電話に出ていない。

「無駄な抵抗はやめろ」と深夜メールが入ってた。
…無駄な抵抗なんですか？

7/29 (mon)
ららら修羅場（こわれぎみ？）

こんなことまで、ライブで書いていいのだろうか？　と、ひるむ気持ちも多少はあるが、突然やってきた〝修羅場〟にて、人生初の男の（しかもあのダーリンの！）ビンタをうけ、ますます、違う方向に、覚醒しちゃった蝶々である。「…か、書くしかない」。頬は腫れるわ分刻みで責められるわで、さすがのあたしも衰弱し、弱ったアタマであれこれ考えた揚げ句、昨日は思わず日記を削除しちゃったけどね。

さて。昔から、ゲンはダーに会いたいと、ことあるごとに言っていた。「蝶々がそこまで好きな男」を、その目で確かめ、もしいいヤツなら仲良くなって、「あの女ひどいよな」「やっぱそう思う？」「わかるわかる！」等、和気あいあいと酒でも酌み交わしたかったらしい（おい）。が、しかし。いくらゲンが〝豪傑〟とはいえ、その御対面が「現場発覚」では、キモ冷やしたに違いない。

実際、あたしは、びびったよ。明け方近所でタクシー降りたらさ、青ざめ硬直したダーが、パジャマ姿で目の前にいるんだもんよ！　「なんで…？」思わずまぬけな声が漏れた。「……聞きたいのはこっちだよ、あんた誰だ?!」さすがに、泥酔もやや醒めたらしいゲンの胸ぐらに、いきなりつかみかかるダー。え。これ誰?!　肥えているけど人違い?!　…？　げ、芸風違…、などと感心している場合ではない。「放せよ！」怒声をあげ振りはらうゲン。「なにぃ?!」もう一度つかみかかるダー。立ちすくむあたし。

…どう見ても、完全なる〝修羅場〟である。

いくら【人生ドラマ系】とはいえ、こんなあざとすぎる展開アリ…？「帰って!!」とっさにあたしは叫んでいた。ゲンにである。すでにもうメチャクチャだけど。このままじゃどちらか、いや、何となくダーリンが、怪我しちゃう、と思った。呼吸すら忘れるほど必死だった。

きっと、それでもゲンのほうが冷静だったのだろう。あたしの必死の形相に気づき、ダーと動物級のにらみあいを続けながらも、叫んだあたしのほうを向いて「蝶々、…大丈夫か」と心配気な目で聞いた。「大丈夫だから！　お願いだから。帰ってって！」「帰るなよ、逃げずに説明しろよ！」かぶせるように怒鳴るダー。〝おやじダンサーズ〟脱退し、〝悪役商会〟電撃入会状態である。「か、え、ッて！」。大人になって、自分が身を絞るほど叫ぶことがあるとは思わなかった。ともかく、ここはひとまずゲンに下がってほしかった。今この状態で何を話しあっても、全員が血まみれになるような気がしてしかたなかった。そして、ゲンにはいつも、あたしの想いはまっすぐ届く。

　あたしを見て、一瞬、世にも情けなさそうな顔をしたけど、「…彼女、そう言ってますから。じゃ今日は失礼しますよ」乱れきったジャケットのフトコロから名刺を出し「◎◎と申します。後日改めて」と挨拶をした。「待てよ?! ふざけるな」。待たせておいたタクシーに、ふたたび乗り込んだゲンを、ダーは走って追いかける。当然だが、そのぶっとい足じゃ車の速度に追いつかない。

　そして、二人が残された。

　うつむいたまま、互いに無言で家に入ると、「蝶々」聞いたことのないような静かな声で呼ばれる。顔を上げたら、バチーンッ。いきなり音を立てて、思いきりぶたれる。というより、ほとんど〝殴られた〟かんじ。

　…ねえ知ってる? って、あたしも初体験だったんだけど。男に思いきりぶたれると、頬が燃えるほど熱いのよ。しかも、耳の付け根までジンジンと痛いッス……。が、何より痛かったのは、そんなふうに自らの不始末が原因で、あんなに穏やかで陽気なダーの人格を、すっかり変えてしまったことだ。だってあたしは、あたしだけは、一生ダーの味方のつもりだったのに。

「…あいつがゲンなんだろう」。片頬張らしたブス顔にて、ふたたび驚愕するあたし。…どうやら捜査の手は、核心近くまで及んでいた模様。「まさか、本当だったなんて…」。デブ刑事は、それでも今の今まで、信じてくれようとしていたらしい。こんな時に再確認するのも皮肉すぎるが、あたしがダーを愛するように、ダーもあたしを愛してたのね。

そしてとうとう、現場に出くわしちまったダーの目は、怒りより静かな悲しみに満ちていた。なにより胸が痛すぎて、あたしは涙も出なかった。尋問は朝8時まで続いた。ゲンの心配コールには、対応できるわけもなし。

7/30 (tue) つづいて鉄火場（ダーVSゲン）

「夏草や兵（つわもの）たちが夢の跡…」。チリリン…。こんにちは。松尾芭蝶です。などと、ガサツなあたしが思わずにわか風流女になってしまうほど、それは電気ショックな出来事だった。何たって、〝修羅場〟の翌日、即〝鉄火場〟。あなた、【直接対決】よ。世にも恐ろしい「本命VS因縁の男」との血まみれショーなんだから。

…しかし、女としてこの世に生まれ、なんの因果か【小悪魔】と呼ばれるようになり、それならそれでしかたないってんで、LOVE＆PEACEをテーマに掲げ、けなげにも明るく楽しく【小悪魔商売】張ってきたのに。みんなそれぞれHAPPYだったのに。まさか、これほどの不祥事を迎える瞬間がやってくるとは。人生、どこでどう転ぶかほんとにわかったもんじゃない。

愛するシングルトンのみなさんに限らず、なんぴとたりともこんな事態は迎えてほしくないと思う。それが、その後の蝶々の正直な気持ちである。

「キミの弁解は信用できないから、僕はこいつに話を聞く！」と、確かにダーは、現場発覚後から、渡されたゲンの名刺をにぎりしめ、ずっと熱に浮かされたように口走っていた。でも、しょせんダーはガタイは良くてもマインド小羊系の男。一夜明けて出社して正気になれば、そんな危険を冒さないだろう、とあたしもどこかでタカをくくってた。それが、マジで呼びだすとは…。しかも、ゲンも「おう。今すぐ行こうじゃないか」。って、快諾するなよ。

が、投げられたサイはぶつかるだけ。

というわけで、日中の猛暑の名残りがいまだムッとあたりに残る〝鉄火場〟にふさわしい夕暮れどき、銀座某ホテルのティールームにて、その【対決】はとうとう実現したらしい。

二人とも、電話を入れたあたしには「来るな」とひと言、怖い声で言った。

二人が席で向かい合っていたのは、20分ほどだったらしい。そこで交わされた会話を、二人とも、あたしに詳しくは語ってくれない。ただ、最終的にはダーが「一筆入れて、詫びて消えろ！」と怒鳴り、スプーンを投げつけ、（もう完全にキャラ違い）、サロンの主任が駆けつけてきたこと。そして「そんなあんたじゃ蝶々を幸せにはできない。任せられるかよ」とゲンも一歩も譲らず「デブさんね、あなた、女を殴るんじゃないよ」とさらにたたみかけ、もみあいながら出たロビーにて一発パンチをくらったこと。…終了後、さっそく電話をくれたゲンに伝え聞いたオフィスにて、立ちくらみしそうだった。

わかってはいたが、何の解決にも浄化作用にもつながらず、得たものは互いへの憎しみだけ。

〝女冥利〟でも何でもない。まさに、最・低。

「ダーリンを、いじめないで」。原因はおまえだろ！　とつっこまれそうだが、おかしな感想でも、とにかくあたしは、まずそう思った。今回はじめて好きな男に殴られてわかったけどね。殴ってるほうが、可哀相なの。だって我を失った人間は、あとで正気に返ったとき、必ず自分をもっと痛打することになるのだから。

「おい、これであきらめつくならと思って、黙って殴られてやった俺の立場は…？」。口の中が切れた、と言いながらも、ゲンは元気だ。苦笑する余裕がある。そう、彼は、万事何が起きても、いつでも苦笑ですむ男なのだ。だから今日のところは、いくらでも殴られとけ。

でも、デブは…。電話もない。今ごろどこでどうしてるのか。オフィス？　銀座？　とにもかくにも、声聞かなくても、深く暗い、人間井戸の奥底まで、どっぷりと落ち込んでいるのがわかる。メールも電話もしつこくしたけど、反応ナシ。「ま、まさか…」といてもたってもいられなくなった7時すぎ、電話が入る「蝶々、キミはどうしたいんだ？」「……」。一瞬、言葉につまるあたし。「一緒にいるよ」それでも答える。「それは、同情なのか、惰性なのか？」。

カンタンに泣けてしまう。昨夜から、ダーが漢字言葉であたしに気持ちを投げ掛けるのが、つらい。もう「でへでへ」とか「おっちゃんやでー」とか、あの陽気で可愛い言葉たちを、あたしはもう、二度と聞けないのかもしれない。なにしろダーが目にした「現場」とは、ただタクシーで送られてきたハニーと間男の図ではないのだもの。いかれてるコンビのあたしとゲンは、運転

手おかまいなしで……。

「僕、もう信じられないんだよ。好きだから。全部だから辛すぎる」ダーリンの、悲鳴のような声。帰宅してその続きを聞いたら、しっかりしなきゃいけないあたしも、ぶっこわれてしまう。

そしてあたしはゲンと泊まった。ダーを捨てるつもりはない。今は、ただ誰かに泣かせてもらいたかった。Ｚホテルの一室で、泣きやまないあたしを力を込めて抱きしめながら、ゲンは「大丈夫だから、おまえは俺が守るから」と何度も言った。ちがう。あたしのことじゃない。バラバラになったダーの心を、どう修復すればいいの？　それを教えて。

7/31 (wed) そして正念場（ピエロは誰だ）

「もう、帰るなよ」。Ｚホテルのベッドの上で、あたしの顎を持ち上げ、目をのぞきこみながら、朝までゲンは何度も言った。「そもそもおまえに、あの男も、そんな生活も、似合わない」。

だけどあたしは、好きだった。ゲンとのいかれたショッキングカラーの男女の夜と同様に、ダーとこれまで過ごしてきた、あの柔らかな陽だまりのようなじゃれあいの日々が。

たとえそこが、すでに〝愛の巣〟ではなく、今や帰るなり〝ハチの巣〟にされそな危険ゾーンだとしても、やはりあたしは、帰らなきゃ…。だって「さよなら」を告げて、出て行くだけならいつでもできる。今はただ、マグナム弾で打ち抜いといて、現場に置きざりにしてきたダーの手当てをしなくっちゃ…。

ついでに着替えもいるし、トマトとベンジャミンに水やりたいし、お花の水も濁ってそうだし、きょう集英社で、【銀悪本】インタビューだし、その前の準備もあるし…と、こんな折にも、案外現実的な蝶々である。「すげえなあ…おまえって男みたい」ゲンは感嘆していたけれど、そうじゃない、本質的には男より女が太いだけの話だ。

とはいえ、家の前までタクシーで送ってもらう気にはなれず、最寄り駅で落としてもらう。出勤するサラリーマンやOLとは逆方向に、家路につく。「カタギじゃないってこういうこと？」そんな気がした。

帰宅したら、デブはすでにいなかった。が、部屋全体がむわっと臭う。ダイニングの扉を開けると、ダーがワックスをかけてくれたばかりのぴかぴかのテーブルの上下に、10本以上の缶チューハイやらビール、ワインの瓶が転がっている。いったいどれだけ飲んだのだろう？　そしてちゃんと、出社できたの？　修羅場に続いての外泊で、やりきれない夜を過ごしたことは、昨夜朝まで入りつづけた20件以上のメールを開封せずとも、想像に堅くない。

思いきって、ケータイを鳴らしてみる。7回ほど連続してかけてみた。出ない。ＰＣデスクを見にいくと「蝶々へ」Ａ４用紙にプリントアウトした、置手紙が置いてあった。「君は僕に嘘ばかりついていたんだね」で始まるその手紙には、あたしを責め、怒りをぶつけ、それでも好きで、

「消えられてもつらい。顔を見るのも苦しい。ともかく、どうしたらいいかわからない」という救いのない気持ちがめんめんと綴られていた。

「いやー『銀座小悪魔日記』、素晴らしい！　ただの日記レベルじゃないっすよ。とにかく、めちゃくちゃ、面白い。毎日会社で読みふけってますよ！」と、猿楽町にて、インタビュアーの編集者（男性）に、身に余る激賞をいただいたけれど。…だから、もうシャレになってないんだって。インタビューのときも、撮影の間も、あの手紙とダーの泣き顔がずっと頭をぐるぐるして、あたしはうまく笑えなかったと思う。


さて。その晩、話し合いのため、帰宅して驚いた。予想していたとはいえ、ダーの人相がすっかり変わっていたからである。目が血走って興奮しているのに、魂全体は肩を落としてしょぼくれているかんじ…。そして、尋問と今後についての話し合いは、またも朝まで続いた。最初から最後まで、ダーはずっとお酒を手放さない。「どうして？」「なぜだ？」「どんなふうに？」「どう思って？」延々と続く、不毛すぎる質問たち。それに答えてどうするのだろう。「そういうあたしを、受け入れてよ」疲れもピークのあたしは言った。開き直りでも本心だ。「…でも、君は自分にも嘘をついていないか？」ダーの意外な切り返し。「だって、君が本当に愛しているのは、ゲンさんなんだろう？」。どうだろう。ゲンは自分を「ピエロかよ」と言ってたけれど。

…とにもかくにも、今が二人の正念場。

愛憎と太陽に、狂いゆく8月

8/1 (thu) ダーリンの〝小説〟

事実は【銀悪】より奇なり、とでも言おうか。あたし自身も、いまだ信じられないのだが、あの100％理系だったはずのダーリンが、あろうことか〝小説〟を書きだしたのである。……。

修羅場3日目で、いよいよ壊れもピークに達したゆえの〝脳内革命〟なのだろう。夕方、オフィスのMYアドレスに、そのイチモツ（表現違う？）を送りつけてきたのである。…ゾゾー。っていうか、レベルはさておき、薄い文庫本ならすぐ作れそうなハンパじゃない文章量…この濃密激空間72hourのいったい、いつ、どこで書いたのか…？

もしそれが、ほんの少しでも遊びゴコロ香るシロモノなら、あたしも面白がって、この【銀悪】にて、それをUPしたことだと思う。でも、できない。できないって。

それは、馳星周とケンゾー・北方とを足して2で割り、文章力を半減させたような（だからこそ生々しい）、男のヒロイズム満点の、超シリアス作品だったのである。あの晩のこと、蝶々への愛と苦しみ、男への殺意にも似た憎悪、二人の愛情関係と未来への不安。そう、何のひねりもない。そのまんま物語である。

っていっても、同じ〈事実〉でも、男と女、いや被害者と加害者の感じ方とアウトプットは面白いほど違うのね…。じつは、デスクでそれを読んだとき、不謹慎とは知りつつも、少なからず興奮を覚えてしまったあたし。だって、小説の中の〝蝶々〟は、「すれ違う男たちの大半が振り返るような美人」で「才気と勇気あふれ」「事件後僕が打ったあとも」「ゲンへの愛情をようやく自覚し」「満月の光のもと、神々しいまでに光り輝いて」おり、対する〝僕〟は「喧嘩には覚えがあり」「やつを殺すのなど簡単だったが」「愛に気づき悠然とした彼女に気おされ」「敗北を知った」っていうんだもんよ。…。

なにゆえに、あたしをここまで美化して、自分をここまで下げるのか。仕方ないから「上手だねえ、驚いたよ」と感想をレスしたら、「…やっぱり真実なんだね!」ときた。ぎゃふん。

……。

その後はまた、10分おきの尋問メール。ダーリンは、怖いくらいに変わってしまった。そしてそれは「すべてあたしのせい」だと。「男と女のデキゴトに、一方だけ悪いことなんかあるかよ!」とは、さすがのあたしも今は言えない。

罪悪感が深すぎて、あまり語ったことはないが、あたしはかつても、好きな男を壊してしまったことがある。〝小悪魔〟なんて無理矢理可愛くまとめているけれど、あたしって、愛する人間にとってはただの〝悪魔〟なのかも。それでも、ダーへの気持ちに嘘などひとつもなかったのに。何がツライといって、今、その気持ちまで全否定されていることが、悲しくてたまらない。でもダーはその何倍傷ついていることか。こんな三文小説まで書いちゃってよお…。そう考えると、作風の違いを面白がる気持ちなんて、綺麗さっぱり消えてしまう。残るのは、ただ悲しい、という感情だけ。理由ははっきりわからないが、〝後悔〟より、ずっと。

8/4 (sun) 雷落ちても修業は続く

まるで、修業のような土日だった。

朝も早よからたたき起こされ、「なぜ?」「そうなったから」、「どうして?」「人間だから」、「何を思って?」「わからない」。寝ぼけまなこをこすりながらも、果てしなく続けられる禅問答のようなやりとり。ちょうど食べる元気もないから、精神も研ぎ澄まされちゃって、糾弾やカスワードが、内臓に響くったらありゃしない。

しかし、元来、生臭《なまぐさ》寂蝶のあたしだが、今回ばかりはすでにある種〝無の境地〟には到達している。さすがにこの件に関して、もうワガママを言う立場ではないと思っているので、すべてはダーの決断におまかせする所存。

が、それでも「別れたくはない」と、ダーは言う。…あ、そうなの。じゃ「過去は忘れて、今日からまた仲良くしようよ！」と、気を取り直し、努めて明るく肩でも組めば、「ふざけるなッ」。カラダごとソファにぶっ飛ぶほどの勢いで、振りはらわれる。ちょっとー、重量違うんだから、乱暴しないでよ！「…じゃ、どうすりゃいいのさ？」と乱れたパジャマの胸元も直さず、開き直って尋ねれば「わからない。ただ本当の気持ちを話してほしい」。ふりだしにモドル。

しかし、〝ほんとうの、きもち〟って…。そもそもそんなもの、あたし自身もわからないのに、どう説明すればいいんだろう。正直途方に暮れてしまう。あたしにはあたしの事情と気持ちと人間関係があって、その上でダーを愛してきました、としか言えない。どうののしられようが責められようが、それ自体を否定したり、悪夢の〝鉄火場〟みたいにいちいち関係者の皆さんを呼んで証言してもらったり、立証のためにあれこれ探られるなんて、死ぬほどイヤだ。いくら最愛の男でも、個人の自由を奪う権利などない。それをするなら、自動的に顔を見るのも嫌になって、あたしから消える結果になるだけだ。

…そう。だからあんまりあたしに同情しないでいいの。上記のように、ここにきて、あたし自身の【食えない女】っぷりも、全貌あらわになってきたの…。いや、〝修業〟って、すごいね。自分自身についても、いろんなものが見えてくるよ。正視に耐えられないほどツライけど、これ、必ず、人としてのカテになるわ…と、いつ何時も前向きな蝶々である。

が、当たり前だが、致命傷を負ったダーはそうもいかないようだ。壊れたＣＤみたいに「なぜ？」「どうして」「何を思って？」。日が高くなっても、まだ延々と繰り返している。と、ソファにてそばにあった朝日新聞の付録冊子をパラパラめくっていたら、【心頭滅却すれば、火もまた涼し】ってタイムリーなコラムを発見。「ね、これ読んでみ？　すーはーすーはー」とアドリブつきで、ページ開いてすすめてみたけど、結果は、火に油注いだだけ…。「いい加減にしないかッ」ドッカン。階下まで響き渡るような怒声に、衰弱している心臓ドッキン。

まずい！　こりゃダーのフォローする前に、あたしが心筋梗塞で死んでしまう！　とっさに判断し、ババッと近くにあったデニムのバッグに、サイフと鍵だけつっこんで、「ちょっと出てくる！」家を飛びだす。修業からいきなり逃げ出したあたしに、デブ和尚は何かわめいていた。外に出るなり、カッと照りつける太陽に、一瞬目まいを覚える。それでも気力をふりしぼり、深夜からずっと電話をくれていたゲンに〝いのちの電話〟。「どうした？」「眠くて、ツライ…」泣きだす元気もなし。「わかった。すぐいく」。お台場の某ホテルで待ちあわせる。部屋をとってもらい、倒れ込むようにひんやりしたベッドに入る。ゲンの顔を見たら、ようやく睡魔が襲ってきたのだ。２時間ほどだが、昏々と、深く、眠った。自然に目が覚め、エビアンを飲むと「ありがと。じゃ、山に戻るよ」と言ったあたしに、ゲンは、心底驚いたようだ。「おまえ、そんな疲れきった顔をして…もう、いい加減にしろよ。もう、蝶々がすることも、できることもないはずだ。わかるだろ」。そうかもね。でも、とりあえず今は、ダーリンのそばにいなきゃ。一緒に、修業するんだもん…。

「だいたい、俺の立場って？　このあとここで、どうしろっていうんだよ？」「…誰か、女の子でも、呼んでよ」「…おまえ、大丈夫か？」ゲンがはじめて、哀れみの目で、あたしを見た。やはりこたえる。それでもすべてをぶっちぎって、ヨレヨレで帰宅したら、ダーもベッドで休んでいた。ダイニングの床には、なぜかビールの水たまりができている。「これが、おしっこだったら笑えるのになあ…」。違ったけどね。

そんな小休止をはさみながら、修業は依然続行中。それにしても、日曜夜のあの雷、ゴロゴロドカドカ激しかったね。ま、あたしたちもあんなかんじよ…。

8/5 (mon)

マドモアゼルと嫉妬マン

夕方、モウロウとしながらデスクで仕事をこなしていると、「蝶々～」、マドモアゼルに肩を叩かれる。振り向けば、つばの広いレディ帽の中でほほ笑む笑顔。トップスは、ピンクのノースリーブ、ボトムスは、レースが幾重にも重なった少女のようなスカート。…って避暑地かよ！　オフィスにて、気持ちいいほど浮いている。そんな彼女は蝶々のココロのおねえたま、ユキ姉

（38・映画監督）である。「銀座にきたから寄ったわ～。元気～？」「ゆ、ユキ姉ッ！」思わず、そのメルヘンチックなスカートに抱きつくあたし。数分後、ようやく上司や同僚の怪訝そうな視線に気づき、そそくさと、接客用の会議室へ移動。

自販機のアールグレイを飲みながら、仲良くお茶する。が、女同士の話は自然、今回の【修羅場deドキュン！】へ。泣き言をさんざん聞いてもらう。数年前、仕事で知りあい、変人同士すっかり意気投合したユキ姉。昔はダーの会社に勤めており、直接面識はないのだが、ダーのことは知っているのだ。

一通り事情を聞くと「…ふうん。そりゃもう、ダメね」淡々とユキ姉。「……」。「だってダー様、この期に及んで、まだあなたの身辺調査しようっていうんでしょ？」「ええそりゃもう…、昨日も、ガルエージェンシー（探偵事務所）のチラシ熟読してましたもん。〝真実は第三者にしかわからない！〟って。気色悪いったら」「もうそこがヘン。常識的な大人の発言とは思えないわ。あなたとやっていきたいと言いながら、あなた自身を信用する気がまるっきりないじゃない」。…ま、そもそもあたしたちに〝常識〟求められても困るけどね…。全面的に信用されても迷惑だし。「ダメダメ、蝶々ダメ。潮時を越えると男女の中は因縁になるの。あなたまだ若いじゃない。いくらでもいるじゃない。次いこ次」。…ユキ姉…。

何はともあれ、明るいユキ姉のおかげで、気分がちょっと晴れ、「さ、いっちょリハビリしてやるか～」。アドバイスとは違う方向だが、何はともあれ前向きになる。

7時すぎ、銀座駅構内の本屋で待ちあわせ。先に着いて、しばらく雑誌を立ち読みしていると「すみません」初老の紳士に声をかけられる。どうせまたスカウトでしょ！　と思ってさしだされた名刺を見ると、案の定、7丁目の某クラブ。この本屋でのスカウトも、すでに3度目である。「いえ、そういうのはしないんです」と、泣きムクれた顔をいかしてぶすーっと感じ悪く断る。と、あたしの顔をしげしげとのぞきこんでジジイ。「あれ？　あなた…もしかして、◎◎さんとこの？」古巣クラブの社長の名前だ。「そうなんですよーだからもう上がったんですってば」周りを気遣い声をひそめて言うあたし。「いやいや、そんなあなたまだ若いでしょう。やりましょうよ、売れますよ。ウチのシステム、ラクですから」「ふうん、どんな？」。ダーがなかなかこないので、この日記の取材がてら歓談してしまうあたし。10分程度の会話だっただろうか。「じゃ、その気になったら絶対、連絡くださいよ。見学だけでもいいですからね！」とジジイが言って、去った瞬間。「蝶々…」名前を呼ばれる。

何ッ?!　振り向くと、誰もいない。そりゃそうだ。前回もスカウト場面をしっかり見つかり、叱られたことがあるんだもん。今回もちゃんと警戒しながら、おっさんと盛り上がっていたんだもん。が、その声は、並びの男性誌コーナーではなく、書棚の向こう、そのすき間から聞こえてくる。…ギャーッ。即、血相を変えたデブが踊るような身のこなしで、ガバッと飛び出してきた。コントである。が、本人は真剣そのもの。

「なんだあの親しげな口の利き方は?!」「…まーた、立ち聞きしてたわけ？」「たまたま聞こえてきたんだ、そんなことより、何だよ、キミ、キミは…やっぱりお水に戻るつもりなんだね！　性根っからお水なんだ！」…ぷっち〜ん。言葉に気をつけなさいよ。お水の何が悪いのよ？　だいたい「誰と話そうが、何のバイトしようが、あたしの勝手でしょ」「ひ、開き直るつもりか」。そうだよもう、そこまでナンクセつけられると、正直言ってうざいのよ…。

あたしは、とことん萎えた顔をしていたらしい。実際、心底げんなりしていた。それがショックだったのか、ダーはハッと我に返り「ごめん」と突然詫び入れてきた。「いいよ、別に。でも、あんまりあたしの〝自由〟を奪わないで、そんなことばっかりしてると、そのうちあたし死んじゃうから」。モチロン、スカウトマンと話さないからって、死ぬわけはないのだが、ここは大げさに脅かしてみる。

すると。不思議なことに、ダーは嬉しそうに笑いだすではないか。「えへへ。そうか、そうだね」って。…、こ、壊れてる？　でもまあ、とにかくその晩は、1週間ぶりに、仲良く外食しましたよ。オナカが張り裂けそうなほど、しゃぶしゃぶ食べて大満足。「でも、もう、隠し事はイヤだ、お茶しても立ち話でも、ちゃんと僕に言ってほしい」それでもしつこくダーは言ってた。

…ユキ姉、この〝嫉妬マン〟と、あたしはこの先どうすりゃいいの？

8/6
(tue)

太陽がみんなを狂わせる

連日の暴力的な紫外線は、人の脳波まで狂わせてしまうのだろうか。

…最近、殺人事件が多いと思いません？　しかも〝愛憎の果ての身内殺し〟が多いような…。し～ん。ＴＶや新聞で、それらのニュースを目にするたび、鳥肌実（カレのこと知ってる？）な蝶々である。中でも、例の【横浜の親子３人殺人事件】には、見たくないけどまなこクギ付け。なんでも、犯人のＤＶ（家庭内暴力ね）夫から身を守るため、奥さんと連れ子は、実家のお父様のところに逃げてたらしいの。で、離婚調停すすめてたらしいんだけど、ＤＶ野郎はどうしても別れたくないもんだから、頭おかしくなっちゃって、とうとうそこへ乗り込んで、お父様と連れ子の３人めった刺しにしたっていうじゃない。…。で、ゾッとしないというか、泣かせるといおうか、野郎、その奥さんだけには手をかけてないの。彼女の目の前で、最愛の親と子の命を奪う、阿鼻叫喚地獄繰り広げておきながら、その後、彼女だけは、車で連れ回してたっていうのよ。「彼…、狂っていても、奥さんのことだけは、そばにおいておきたかったんだね…」。朝のワイドショー見ながら、デブ、ため息もらしてるし。ちょっと、おっさん。それ、まさか〝共感〟のため息じゃないでしょうね！　「あんたね、ナオミとかゲンにヘンなことしたら、あたし死んでも化けて出てやるから」いちおう、クギはさしておく。っていうか、朝っぱらから、こんなぶっそうな会話が真剣に交わされる〝新居〟は、すでに終わっているのかもしれない。

今回あたしも初めて知ったが、〝修羅場〟とは常時続くものではない。絶え間ないピリピリしたせめぎ合いの中、緊張しきっている二人が肩の力をゆるめた瞬間、ふっと、懐かしい、いつもの穏やかな時間が流れ込むこともある。「風呂入ろうか」「いいよん」「デブリンちょっと痩せたね?」「だから、僕はもともと太ってないんだ」「お湯あふれてますけど。このデブ!」「うるさいやい! この悪女!」「ははは」「きゃはは」。…こ、コワイ?(笑)。でも、そんなとき「あの出来事は、夢だったのかな」ととぼけたことを真剣に思う。

が、視界ごとぐにゃりと歪ませるような炎天下の世界に出れば、またダーは元通り。いや、オフィスにも絶え間なく送り付けてくるメールの文章見るかぎり、その脳波は、前よりさらに乱れてるみたい。「もう、暑くても、髪を上げないでほしい」。…はあ? 聞けば、あの夜のあたしが、髪をアップにしていたから、見たくない、という。「あの日の服は僕が捨てておいたよ」その理由は、見るたびにきっと思い出すから。

おっさんな…。だったら、あたし自体を見るたびにあんたは思い出すんでしょうよ。このクソ暑いのに、達郎じゃあるまいし、髪ベーっとたらしてられるかよ! 「もう、やめたら? そんな苦しむ一方なら、あたしは、いつでも、出てくよ」心からそうレスすれば「イヤだ。そばにいてほしい」。

…わしゃもうお手上げ。幸いなことに、愛情ゆえか責任感かはわからないけど、やる気だけはまだ残ってる。でも、あたしも誰かにすがりたい。だから、キリッと髪を上げ、夜はゲンと会うことにする。

来るなら来やがれ、ガルエージェンシー!!

会社を出るなり、湿度の高い夏の夜風に包まれる。それがあんまり官能的で、ゲンの顔は変わってなくて、あたしはいま、なぜか失いつつある(なぜだ――)自由が恋しくて、たまらない気持ちになる。

「俺も、毎日、ものすごい気持ちなんだけど」バーの個室で、隣のあたしを抱き寄せながら、ゲンは言う。「いつでもどんな苦境でも、すべて自分で何とかしてきたのに、好きな女が困っている時に、何もしないことだけが今の俺にできることなんて」。そんなことないよ。ゲンが、けろんが、友達たちが、こうしてそのまま、いてくれるだけで、あたしはこんなに救われて、だからこんな毎日を普通に頑張っていられるよ。「〝影の男〟極まれり、ってかんじだな、いつも俺たちゆっくり会えるのは、夜ばかりだし」。……。

「いちばん可哀相なのは、ゲンさんだよ」と、そういえば、誰かが言っていた。だから、あたしはゲンと寝ると、泣きたくなるほど感じるのかもしれない。今回の修業で、つくづくわかった。…このサガ、どうしようもないね。誰でも闇の部分はあるの。そうしてようようバランスとって、けなげに生きているんじゃないのさ。すべてを白日の下にさらそうなんて。そっちのほうが狂っているよ。

それでもまた、朝になれば、あの無粋な太陽が照りつける。そのせいか、みんな日に日にヘンになってて、オチが見えない今日このごろ。

8/7 (wed) 飛べない蝶々

突然、「残業大好きっ子」になってしまった。

会社はいい…。どこ見渡しても、目が合うのは愛憎からまない方々ばかり。内線とろうが外線とろうが「キミの愛は、真かはてさて偽りか」などといきなり詰問されることもない。デスクに山積みになった仕事とて、淡々とこなしていけばノルマはやがて達成できるし、皿の割れる音もしない。今の私生活に比べたら、限りなく爽やかでクリアな世界である。ああ、できるだけココにいたい。いや、むしろ離れたくない。もうあの地獄寺には帰りたくない…。

が、くだんのデブリーマン和尚ときたら、「残業」よりあくまで「修業」にご執心。例の修羅場から、遅刻・早退・欠勤しまくりでさー、やたら「僕はもう家（寺）にいる」って、昼間っからスタンバイOKの知らせばかり送りつけてくんの。だったら先にひとりで、〝シャワーde滝行〟

とか〝おたまde木魚〟などして、精神統一はかっといてくれよ、と思うんだけどね。「キミは何時に帰ってくる？　まだか。いつだ、どうしてだ」。ともかくハニーが隣にいなきゃ、座禅のひとつも組む気になれないらしい。織田無道より生臭い。

「とりあえず冷却期間を置いたら？」「落ちつくまで家出したら？」何人もの友達が、そうアドバイスしてくれた。それができればあたしはラクだ。実際、先週の土日も何度荷物をまとめ、飛びだそうとしたことか。でも、そのたびに、和尚の目ににじんだ文字がテロップのように流れる。「ホントニ　ボクヲ　ステルノカ？」って。「…捨てないよ、つきあうよ」。

そうだね。いつでももっとツライのは、見たくないものを見せられたダーのほうに決まってる。あたしが壊したダーの心は、あたしにしか直せないよね。そう考え直して、そこにとどまる。そんな時、パパとゲンのことが頭に浮かぶ。彼らが、窮地の時にあたしに見せてくれた男前な姿勢を、一生懸命イメージする。だけどあたしも人間で、〝小悪魔〟だけに打たれ弱くて、理性では殊勝なことを言ってるけれど、素直な心は帰宅を拒否する。そんなじぶんをショボイと思う。

営業がとってくれた永谷園のお弁当も、いまいちすすまず、ため息をついていたら、ブルルル。ケータイが揺れた。和尚かと思って身構えたが、なつかしの浮気プリンスGである。じつは、この騒ぎが起こってから、小悪魔パワーも萎えちゃって、ゲン以外のすべての男友達と連絡絶ちしているあたくし蝶々。Gも先週から、何度もメールをくれており、今夜も出張で、東京に

いることは知っていた。

そばにいるんだねえ…と思ったら、なんとなく声が聞きたくなり、デスクで電話に出るあたし。「はいよ」。「蝶々？　どうした？　生きてるの？」「死んでる」。軽く事情を話してみたら、Gは心なしか嬉しそう。「やっぱりね～。もう無理じゃん？　このStoryは、まったくもってDestinyだね」「…運命」。すっかり忘れていたけれど、そういやこいつは帰国子女。「だいたい蝶々に会ったときから、俺ビビッと感じたもん。だから婚約も壊れたし、蝶々の同棲が壊れてさ。落ちつくべきところにトントントンと」「…タンタンタン？」「そうそう、その調子！」「タタタン、タン…」「関西も慣れればまああ楽しいぜ。さ来年には海外だし。飛ぼうぜ！」。

…い、いいかもしれない。それにしても、何なの？　この甘美な響き…。ケータイを持ちながら、うっとりと片手で肩を抱き、目を閉じる蝶々。そう、ややこしいこと全部日本にオキザリにして、すべてを捨てて誰も知らない街でやり直すのだ。新しい街、新しい生活、新しい人生、そして隣には…。そこで、ようやくハッと我に返るあたし。隣にいてほしいのは、Gじゃない。残業に逃げてる場合でもない。

それでも、ここまでこじれても、あたしは3人で高飛びしたい。「またね」そそくさと電話を切って、もう一度目を閉じる。

この果てしない〝修業〟の先に、そんな桃源郷が見えればいいなと願う、飛べない蝶々、2×歳の夏。

8/8 (thu) ウラオンナ・トークと救急医院

じつは、夕方、銀座某カフェにて扶桑社の一般女子日記アンソロジー〈ウラオンナ事情。〉掲載用のインタビューを受けたのよあたし。その後は、アイスカフェモカすすりながら、初対面のタケイさんと同席くださったサイト運営会社デジタオHさんに、身の上相談してきちゃった（どこがインタビュー?・）。

さて、タケイさんは、控えめながらもなぜか肝っ玉と知性を感じさせる、30代前半のお姉さん。会話の端々からも、〈ウラオンナ事情。〉を、ご自身のテーマとしても深く受け止めていらっしゃることが伺い知れる。「蝶々さんの最近のテーマは…〝自由ですね〟」(ぎく)。「今、いろんな意味で、人生が変わるときですよ」(どき)。「いつかのタイミングで、そのお顔は出したほうが説得力出ると思います」(いやん)。等、核心に迫るアドバイスも多数いただく。

一方、Hさんは野生児のような太い生命力（笑）と子供のような純粋さが両立している印象の、20代半ばの女性。しかしインタビュー中もやたらそわそわしていると思ったら「今日は蝶々さんにお会いできると思ったら、緊張して緊張して、さっきからお腹痛いんです」だって。…ごめんよ、ご存知の通りここんとこ修羅場でさあ、顔ブツブツ出てるでしょ…と謝ると「いいえ、イメージ通りの日本美女です、その美しさがすべての元だと納得しました」などと、泣かせる世辞まで述べてくれる。その上「蝶々さんはまさしく〝蝶々〟なんですよー。好きなように飛び回っていてほしい」などとたきつける。ついでに、この日記サイトへの熱い想いもばっちり語ってくれちゃってさー。頭の悪い蝶々なんて、求められてもいないのに実印押しそうになっちゃったもん。

ま、それはさておき、インタビュー＆身の上相談会は、2時間ほどで無事終了。お役に立てた気はちーともしないが、蝶々的には、修羅場や男たちのこと忘れられる、格好の気分転換になった。ありがとうタケイさん、ありがとうHさん。【生きる私小説女】として、あたし、強く生きるからねッ。

…が、そんなけなげな蝶々の身の上に、悲劇はその夜起こったのである。インタビュー後、原宿のクライアントのもとに打ち合わせに出向いたあたしを、「また浮気か？」と、わざわざ迎えにきたジェラ男が約1名。デブである。不安のせいかすでに泥酔状態の彼は、11時すぎ、原宿駅にて会社の封筒を持った蝶々を捕獲すると、安堵ゆえか、あたしに思いきり抱きついてくる。焼酎と汗の入り混じった暑苦しい臭い。

「やめてよ、こんなとこで」振り払うと「いやだあっ、蝶々は僕のだあっ」甘え声を出しながら、本人ふざけたつもりだろう、突然、あたしの左腕をねじり上げた。ぎゃッ。指先まで、電流が走る。そこ、先週夜中、モーローとしてるあまりコケちゃったから、筋がおかしくなってんのに!!! 筋肉が裂けるような強烈な痛みに、人目もはばからず、あたしはその場で泣き崩れる。痛い。それより、もう、あたし、疲れた…。

運ばれた救急医院にて、当直の若い医師に応急処置を受けながら、もしかしたら〈ウラオンナ事情。〉よりあざといかもしれない『銀座小悪魔日記』について、あたしはずっと考えていた。っていうか、この人生、ドラマが勝手に起きるんだよね。

8/9 (fri) −3kgの良心

朝、洗面所にてふと、足元の体重計に乗ってみる。45kg。…え? 目をこすりながら、もう1度乗ってみる。やはり減ってる3kgも!!! 絶対「猛暑」と「束縛」のせいだ。確かに、最近いつでも真綿で首絞められてるみたいで、ともかくお酒がまずかった。しかし、二の腕ぷよっていても、蝶々、身長もけっこうあるの。芸能人でもあるまいし、これじゃ、いくらなんでも痩せすぎである。「蝶々…なんか、骨盤刺さるぞ?」そういやゲンも言ってたよ。…だめじゃんあたし。おそるおそる姿見で、横を向いてボディチェック。やはり胸が薄くなってる。「これじゃ、〝さくら伝説〟のほうが…」50歳の松坂慶子のヌードのほうがよっぽど抜ける、と思ったら、情けなくて涙が出そう。

と、鏡の中に、デブがぬっと顔を出す。「どうしたの蝶々、血相変えて…」後ろから抱きしめられる。「どうしたもこうしたも！」動く右手とキックを駆使して、懸命に振りはらう。「あんたのせいで貧相になるわ、吹き出物できるわ、筋違えるわで、最悪よ！　肉返せ！」。あまりの剣幕にビビッたのか、デブは要求通り、財布から諭吉を数枚よこす。恐喝ではない。見舞金だ。ついでに、会社までタクシーで送ってもらう。

昨夜は会えなかったので、心配したゲンが、昼間オフィスの玄関口まできてくれる。左手首に包帯ネットをしているあたしを見て、彼の顔色もサッと変わった。「…どうした？」「転んだ」適当なことを言う。別にダーも、あたしを痛めつけようと思ってしたわけでもないのである。それに、ゲンには、もう、これ以上心配をかけたくなかったし。

目を合わせないあたしをのぞきこむように、「時間、どれくらいある？」ゲンが聞いた。「打ち合わせあるから、2時には、戻らなきゃ」とあたし。「よしわかった、乗れ」止めておいたタクシーに押し込まれる。

車に乗るなり、ケータイで、どこかへ予約を入れている。どこかと思えば西麻布高級焼肉屋【Y】。「えー昼から焼肉？　やだ。会議で鼻つまみ者」と店前で抵抗してみたが、「いいから食え」だまって右手をひっぱられる。高級温泉旅館のような畳の個室で、ほぼ無言のまま、向かいあって焼肉を食らう。肉ひっくりかえしたりサンチュを巻いてくれたり、ゲンがあんまりかいがいしいので、ワカメスープに涙が落ちる。

「いいよ、もう、気のすむまでやれよ。おまえが思い通りにしか動かないことわかってる。だから好きだ」。「ふん」ズズッと鼻水をすする。

「〝上位自我〟って、知ってるか?」「うん」「俺にとって、何でだろう。蝶々が、そうなんだよ。そばにさえいられれば、何でもおまえの言うとおりに動きたい、苦痛どころか、それが俺の喜びなんだけど」。そうなのだ。代々木Barのケイさんもナオカ姉さんも指摘していたけれど、ゲンはいくら威張っていても、実質あたしの〝腹心〟なの。あのころ「離婚しようか」とゲンは2度言ったけど、GOを出すとはじまる世界が怖くって、「離婚して」とは、とうとう1度も言えなかった。

「だから。迎えにこいって言えば行く、金で済むなら出す」「デブにもらった」「何で?」「疲れて不細工だから、エステ行こうと思って」「しっかりしてんなあ」苦笑するゲン。「でもなあ、そんなふうに痩せるなよ」心の奥までぎゅっとつかむような目であたしを見る。いつもココロにデブがいること、見透かされそうでドキッとする。

ゲンといればデブを思う。デブといればゲンを思う。デブはあたしの〝良心〟で、ゲンはあたしの〝自我〟かもしれない。夕方エステで仮眠して、その夜は、あたしの自我と、本能のおもむくままに過ごした。踏みにじっている〝良心〟のせいか、呆れるほどよかった。

8/12
(mon)

大和肥満児7変化

近ごろのデブ和尚の7変化は、目まぐるしいばかりである。

〝古女房〟のごとくねちねちと愚痴ったり、〝思春期の女学生〟のようにため息をついてみたり、かと思えば突然、〝レイプ魔〟のように血気盛んに襲いかかってきたり。で、果てたあとようやく寝ついてくれたかと思えば、「ケタケタケタ」。〝気のふれた幼児〟のように高笑いしたりする。…ベッドルームの暗闇にて、寝たまま硬直するあたしの気持ちも察してほしい。

「あんた…。日に日にヘンになってる。あたしもう、出ていこうか?」準備は3日でできるからさ、と何度も申し出てみたが「イヤだ。そばにいてほしい」と、そこは〝ガンコ老人〟のように、かたくななまでに譲らない。「そばにいるから苦しいんじゃないの? 顔見ると思いだすんでしょう」と食い下がると、「いなくなったらもっと苦しい」〝青年〟の主張は変わらない。「…だからあ。あなた、それでもあたしが好きなんでしょ。好きなら許さなきゃ。努力してよ。で、仲良く暮らそうよ」ネッと肩を叩けば「好きだ。だけど、信頼できない」肉厚の肩を落としてしょぼん。

見てられない。っていうか、正直言ってあたしにも、気力と体力の限界はある。もうこれ以上

衰弱したら、頑張れない。眠らなければ。「そうだね、ごめんね、また明日ね」ブランケットを

ひっかぶって背を向ける。が、ハー。ハーッ。聞こえよがしなため息が、あくまで睡眠導入を妨

害する。

「…あんた、クドイよ?」いい加減あたしも、静かに逆ギレ。

「うざったいよ。やめるならやめる。暮らすなら暮らすで、いい加減、腹決めなさいよ」身勝手

な、でも心からの本音をつい口走ってしまう。

もうダーをラクにしてあげられるのは、あたしではなく、ダー自身のような気がしてしまう。

「僕はね。それでも蝶々がいない人生なんて、考えられないんだよ」質疑応答になっていない

が、〝二枚目〟モードのダー、ポッリ。「キミみたいなWONDER GIRLに、惚れなきゃよ

かった。だけどもう…キミのいない人生なんて、選択する気になれないんだよ」。

これがTVドラマなら、せんべいでもかじりながら「〝わんだーがーる〟だって! ってこと

は、さながら〝らぶいずあめーじんぐ〟? うひ〜」とか言いつつ、腹抱えるとこかもしれない

が、恐ろしいことにコレ現実。ヒトゴト気分でつっこんでる余裕ナシ。それでもダーを愛してい

るし、愛されているのもたぶん真実。だけど、それゆえのコトの深刻さとからまり具合に、し〜

んとしてしまう蝶々である。

毎晩外が薄明るくなる時刻まで、二人はこんなふうなのだ。デブの寝返りで、怪我させられ、

痙攣する左腕が再起不能にならないように、蝶々は、必ずベッドの右側で寝てるのだ。当然お互

い、休まる日なんてほとんどない。ダーは何に化けてもサエナイ顔をしているし、蝶々もかなりのブスだろう。−3kg以上の疲れが心をぐったりさせていて、とうとう今夜は、ゲンに会う気も起こらなかった。

…しかし、この日記。じつは、10日後の〝100日達成〟あたりで、きりよくエンディングにするつもりだったの。24日は大阪旅行するからさ、その前に綺麗にまとめて、関西熟女とパーッと打ち上げするつもり（勝手に）だったのよ。でも、どうなのこの状況？　まとめるには散らかりすぎ。ホテルや切符の手配もまだ手つかず。いったい、どうするつもりだろうね？　っていうか、二人はいったいどうなるの？　ゲンはどこに落ちつくの？

…誰かシナリオ書いてほしい。愛と救いのあるやつ。プリーズ。

8/14 (wed) 愉快なSM仲間たち

今夜の定例会は、in西麻布。メンツはキョウコ（女王様）、シンタロウ兄（M男）、そして蝶々（小悪魔）の〝愉快なSM仲間たち〟。

「いいことシンタロウ？　蝶々が『銀座小悪魔日記』で作家デビューしたんだから、まずはビシッと〝前祝い〟なさい！」女王様に命令を受け、シンさんキャウンと声をはずませ、某隠れ家バーのゴージャスな個室を抑えてくれたの。言うまでもなく、【アルファイン（SMホテル）】の近くである。ドンペリ2本も空けてもらって皮肉言うのもナンであるが、シンさんほんとに妹のいしますよ！」とか言いながら、目線は終始、キョウコ女王様の黒ストッキングのおみあしあたりにクギ付け状態。何でもするのは、三角木馬の上でだけ。けっ。「まあ、いいじゃないの。シンタロウの仕事は、わたくしが責任もってさせますから」牛肉のカルパッチョを咀嚼《そしゃく》しながら、ふっふっふとねっとりほほえむ女王様。この方、好物だとおっしゃって、いつも生肉召し上がっていらっしゃる。

【銀悪本】なんてどうでもいいの。

「いやあ、あれは素晴らしい日記文学だから。あれが世間に広まるためなら、僕は何でもお手伝

「そんな、いやッ、コワイッ」あさましくはしゃぐシンタロウ。「ノルマ100冊だかんね」あくまで【銀悪本】を売りつけようとする蝶々。…言うまでもなく、3人の会話はほとんど噛みあっていない。が、その不協和音が妙に気持ち良くて、つい集まってプレイしちゃうの。

「それより」キョウコ女王様が突然コワイ顔をした。「わたくし、本当に頭に来ているんだけど」。「なにが？　なにが？」叱ってもらえる！　と思ったのだろう。シャンパンがこぼれるほど身を乗り出すシンタロウ。

「しっ、あんたはどうでもいいの。わたくしが腹を立てているのは、蝶々の彼、デブさんによ！」

「ああ」がっくりと肩を落とすシンさん。…しかし、本当に、人間ってコワイよね。今回のデブ

シンさんもすっかり変わっちゃった。知的ダンディだったあの頃が、嘘みたい。と、遠い目をするあたしに構わず、女王様は続ける。

「デブさん、そりゃ素敵な男だと思うわよ。一生懸命で、愛らしくて、性能も上等で…わたくしの蝶々は（なんで？）さすがに男の趣味がいい！　と誇らしく思ってたわよ」。「でも何なのよ、今の態度は！　こんなにげっそりさせて、自由を奪って…うちの蝶々をいったいナンだと思ってるの!?」。

「び、ビッチ？」勢いに気圧されて、思わず答えるあたし。「でーすーかーら！」苛立たしげに、真っ赤な鉄の爪でグラスをカチカチ慣らす女王様。「そのビッチに惚れたんでしょう!?　蝶々みたいな魅力的な女のステディになれただけでも、身に余る幸せでしょう!?　なぜその幸せにひたすら感謝を捧げない！　大切にしない！　自由にさせない！　そうでしょうシンタロウ！」いきなり指名され、シンさんもびくんと震え姿勢を正す「そう、そうです。おっしゃる通りです」。「蝶々も蝶々です！」で、次の標的はあたしである。「いつまで自分を殺して時間の浪費をするつもりなの？　デブさんは蝶々のやさしさにつけこんでいるのよ？　これ以上自分を削るのはやめなさい！　さあ、あなた本来の未来の世界へ羽ばたきなさい！」ぽっか〜ん。さすがの蝶々も、その傲慢すぎるアジテーションに口あんぐり。ヒトコトも発しないシンタロウも、完全におのきった表情である。しかし、とにもかくにも見事である。奴隷の身になってみれば、これ以上の〝前戯〟もないことだろう。

「じゃ、行きましょ！」。というわけで、11時すぎ【アルファイン】に移動したのだが、今夜はあたくし蝶々も「バツとして」ムチは持たせてもらえなかった。その変わり何させられた思う？すっぱだかに白エプロンつけてもだえるシンタロウの傍らで、あたし女王様が持参してきた【銀悪本】に、サインさせられたのよ?!! キャイ〜ンキャイ〜ンと、最近すっかり板に付いたシンタロウの鳴き声をＢＧＭに、あたしは人生初のサインをした。【キョウコ女王様江　蝶々より愛を込めて】。おおせの通りに。あは。

8/16 (fri) 衝撃の〝占いセラピー〟

古今東西、女は占いが好きな生き物とされている。いわんや蝶々をや。四柱推命、星占術、タロット、手相・人相、姓名判断など、ベーシックな占断から、オーラ・霊感占い、各種話題のネット占い、宗教系、イタコ系等、ひと通りの占いは体験済み。「男」に貢いだことなどかつて1度もないが、「占い師」には、とことん身銭を切ってきた。という意味のない自負さえ持っている。

…って、ごめんよ。つまらない前フリして。いや、書きながら、気を静めようと思ってさ。あたしまだ興奮してんの。それほど、昨夜の占いってばミラクルだったの。「全治1か月」の診断受けたこの左手首の痛みとか、浮気プリンスGの「ナイト売り込み電話」なんて、しばらくすっかり飛んじゃってたもん。

　さて、その驚異の占い師の名は、リリアンさん（ご希望により仮名）。聞くところによれば、彼女の得意技は〝霊視〟らしいのだが、じゃ、出向きましょうか？　と問い合わせ時に尋ねたあたしに「いいえ。電話で問題ありません」とおっしゃる。「見えるものは変わりませんし。あなたから伝わってくるものは強いですから」とおっしゃる。ちょっつー。〝顔も見ないで霊視〟って。インチキじゃないでしょうねー？　一瞬、不安はよぎった。でも紹介してくれた作家さんたちも、強烈プッシュしていたし…。ま、どのみち体力も玄界灘で、自宅療養しなけりゃだめだし、暇つぶしに占いでもしてもらうかね。というわけで、夜8時。自宅、それも電話にて衝撃の鑑定は始まった。

　名前は事前に告げてあるが、生年月日すら聞かれぬままで。「蝶々さんてば…、本当に根っからクリエイティブというかユニークというか懐が広いというか器用というか…。ともかく人生も仕事も男も苦労も、すべてを面白がって受け入れられるのね。なのに定着できない人なのね」開口一番、呆れたように彼女は言った。ま、ダテに〝蝶々〟名乗ってないし。と、その時までは、あたしもソファで寝転びながら、まだまだ余裕をかましていたわけよ。が、「でも、なぜだろう？　左手からは、まったくオーラが感じられない」そう言われた瞬間、ガバッと起きて、包帯ぐるぐる巻きの自分の左手首を押さえたよ。…な、なんで？　ちょっとリリアン!?　どこで見てんの？

思わず天井キョロキョロしちゃった。

「いいえ、私はいま目をつぶって話してますよ」受話器の向こうでリリアンさんは笑う。そして、もうその後は…。あたしが林檎だとしたら、芯まで綺麗に剥かれたかんじ。

業としての〈小悪魔性〉から、〈貢がれる秘密〉、〈人間好き〉と〈関わりの深さ〉、なのに〈世間から20㎝は浮いていること〉〈これはゲンもよく指摘する〉、〈ゲンとの因縁〉、〈過去の幸福と不幸〉、【銀悪】でも書くのをためらうほどの〈現在のダーの壊れっぷり〉、それすらも実はどこかで「ふうん」って興味深く受け止めているあたし自身の不謹慎な前向きっぷり。

…もうね、途中から、「えー?」とかすっとぼけてんのもアホらしくなり、「そうさ、その通りさあ!!」って、じぶんからくるくる回って皮むき促しちゃったもん。ゲンともかなり体験してるが、ココロをすっ裸にして話すことの気持ちよさといったら! 「蝶々さんは、何を聞いても驚かない人だって、すぐわかりました。深い。だから私も遠慮しないですべて言えます」。リリアンさんも楽しそう。「で、あなたその能力いつからよ? 今度会いたい!」最後は友達モード入り。とにかく異常に盛り上がった。

…「で、この修羅場のゆくえは?」。「蝶々&ダー&ゲンの未来は?」って、そろそろみなさんイライラしてる? そりゃ、もちろん聞いたわよ。なかなかのオチだったよ。でもそれは書けないの。ただね、あたしのすべての〝恋愛〟は、やっぱりそこにたどりつくための〝修行〟だと、リリアンは断言してたわ。あーやっぱり？　ありがとう♪　これでもやもやスッキリしたよ。そう。正直言えば、当たろうが当たるまいが構わないのよねあたし。【いい占いは、女のセラピー】。モヤさえ晴れればまた頑張れる。未来がもっと楽しみになる。それでいいのだ。

…しかしリリアン、マジすごい。

8/18 (sun) 原始女わ…

雨の日には読書が似合う。

午後けだるく目覚め、愛憎いっしょくたにまとわりついてくるダーを目で制し、花と果物を買いにやらせる。「はーやれやれ」デロンギのエスプレッソメーカーを久々にひっぱりだし、エスプレッソを入れながら、パジャマのままソファでけだるく本を開く。…といっても、デュラスとかボールドウィンみたいな小洒落た本じゃないッスよ。

修羅場後、ようやくある〝真理〟にたどりつき、アンニュイ・モードの蝶々が手にしているのは。『明治快女伝　わたしはわたしよ』（森まゆみ編著）。…ぶ、ぶっそうかな。でも昨日のぞいた福家書店にて、ＭＹ【銀悪本】と同じくらい、強烈なオーラを放ってきたのよこの本が！

ご存知のように、蝶々は社会性にまったく欠けた女である。【わたしはわたしよ】って言われても。「…当たり前だろ」との感想しか持てなかった。が、なぜかしら…？　ここ数日、メガホンを持って、猛烈に世間に向かって叫びたくなってきたのである。

【わたしは、わたしよ――――――――！】。

理由は決まっている。修羅場にて、嫉妬と妄想に狂った憲兵に、手足耳口自由を奪われているせいだ。言動、ケータイ、郵便物、クローゼットはもとより、過去のプレゼントひとつひとつまで、ちょっと目を離すと検閲してるし。「このブルガリの保証書はナンだ!?」「シャネル並木通り店にいつ行った!?」…そんなもんイチイチ覚えてないよ。「だから。あんたと違って、あたしモテんの」と切り返せば「開き直るな！」と怒鳴られる。知ったことではないが、この年になって門限まで言い渡される始末。人権ナシ。

しかし、ひとりの男にしいたげられてこうムズムズくるんだから、時代ごと人権制圧されてた女たちの反発と自由への衝動は、いったいどれほどのものか。有名ドコロを挙げてみれば、岡本かの子（芸術家〝太郎〟の母）でしょ、阿部定（〝チョンギリ愛〟で有名なあの方）でしょ、松井須磨子でしょ与謝野晶子でしょ林芙美子でしょ…。それだけじゃないの。あの時代には、他にもわんさか〝快女〟がいるの。彼女たちの人生と情熱の濃厚さといったら、蝶々が飲んでるダブルエスプレッソどころの話ではない。あー面白い。あー痛快。

数十分後、両手に荷物をかかえて憲兵が帰還。パッと見は蝶々がおとなしくしているので、どうやらホッとしたらしい。「何を読んでいるにゃん？」ひげ面をすりよせて甘えてきた。「今後の行動指針」本から目を離さず冷たく答える。「……」カバーの中味を見たがっている。「いいから、お花の水揚げして、食べ物冷蔵庫にしまってよ！　で、あんたはあんたのやることしてよ」追いはらう。

「も、もうすぐ台風がくるんだって。だから外はすごい雨と風で…」おつかいの苦労を訴えたいらしい。「包帯もとりかえてよ」誰のせいでこうなったか、カラダを使ってもう1度教える。それでも、視界をチョロチョロするので、とうとう日よけ用の帽子を持ってきてもらう。それを目深にかぶって、憲兵の姿を消し、ついでに髪を押し込め、ふたたび読書に没頭。と、デブ憲兵「キミ、その姿、抗がん治療でハゲちゃった女の子みたいだね」あくまでからんでくる。くだらないので無視。「でもホントにそうならいいのにな」はあ？　一瞬じぶんの耳を疑う。「だって、そこまで衰弱したら、いくらキミでも、もう誰とも浮気しないでしょ」。

…ふ、ざ、け、る、なッ。激怒したあたしは、ものすごい勢いで本をフローリングに投げつけた。ビクッとする憲兵。「ど、どうしたの？」何が気に触ったかもわかっていない。あんたねえ…何ゆってんのかわかってんの？　それじゃリリアンの言う通り「母を求めるくそガキ」じゃんかよ！　たかがハニーの浮気現場見たくらいで、それほど壊れてどうするよ？　そのまま飛びだしたかったが、そこはプロ意識の芽生えつつあるあたくし蝶々。ＰＣを立ち上げ、まず担当マサ女を泣かすほど落ちる寸前の原稿（どこがプロ）を、ものすごい勢いで書き上げる。で、シャワーで身を清め、ダーをふりきり、お守りがわりの『快女伝』持って家を飛びだす。ゲンに会いたい！　っていうか、もう自由な人間に戻りたい！

【原始女は太陽だった】と平塚先生おっしゃってるけど、あたしの周りは、台風前のどしゃぶり雨。早くスッカリ晴れてほし。あたしの人生ちゃんとしたい。

8/19 (mon) 問題児になぜ燃える？

リリアンの霊視によれば、蝶々は「問題児（ｎｏｔ肥満児）にしか燃えない」、「マニアックな」、「攻略好き」の女らしい。…ま、否定はしないよ。

カチ。と平静をよそおって煙草に火をつけてみるが、カカカ、カチカチカチ。ライターを持つ手は震えている。

…くそーリリアン、なぜそれを!?　そう、こんなこと言いたくなかったけど、じつは蝶々もある意味【だめんずうぉ〜か〜】なのである。だって【ナイスガイ】って石黒賢？　坂口憲二？　目が二重で、歯が白くって、年がら年中カラダ鍛えちゃキラキラ汗かいてるんでしょ？

…ピンとこない。むしろさぶい。スポーツで煩悩解消されきった顔なんて、何のセックスアピールも感じない…（変態？）。体育会系男の暑苦しいタックルより、みちのくプロレスの男にいきなり卍固めをかけられたほうが、意表をつかれて絶対「キュン」とくると思うんだけど。

さて、なぜ突然こんなことを言いだしたのか。そりゃもちろんそういう男とひさびさ時間を過ごしたからに決まっている。男の名はテツオ（29歳・をぼっちゃま）。『銀座小悪魔日記』でもピンポイントで登場している彼は、蝶々の永遠のジャストフレンド。何しろ、この人、細いくせに胸板厚いの（触診済）。ポールとグッチのスーツがびしっと決まるように、週2はジムでからだ鍛えてんの。初めてデートした日に「こんどは、ホノルルマラソン行こうよ」と誘ってきたの。

…え？　誰が？　誰が走るの？　サプライズ好きの蝶々だが、こんなサプライズは好みではない。「あ、それ、アンテプリマ？」など、女のブランドにやたら詳しいところもむかつく。

…だったら、会わなきゃいいと思うでしょ？　いや、スマートだし、性格はいいし、屈託ないし、ともだちとしてはキライじゃないの。だいたい、人間好物ばかり食べていては成長もないしさ。異業種交流もたまにはしないと、好きな業界の楽しさとかありがたみがわからなくなっちゃうでしょ？　テツオちんはどう思っているかわからないけど、こうしてたまに誘いの電話よこすところを見れば、彼も楽しんでんじゃないのかしら。

デブとの〝修業〟の一部始終を語ろうが、どんな暴言吐こうが、目をしばたたかせながらも聞いてくれるし毎回「たまに行くならこんな店」ってとこ連れてってくれるし、蝶々にとっても気分転換にピッタリなの。

…でもタイクツは否めない。屈託のなさすぎるテツオをどういじっても、ゲンみたいにディープな話やダーのような素敵なボケは引き出せない。ワインを飲むだけ飲んで、「じゃ、このへんで」と、12時すぎに店を出てタクシーで送ってもらう。修羅場の教訓もあり、万が一を考え、駅前までだけど。

途中コンビニに寄り、ビタミンレモンとお豆腐を購入する。「蝶々どうしたの？　フキデモノできちゃって」と今夜テツオに驚かれたのがショックだったのだ。白いビニール袋を下げながら、海岸通りをミュールでトボトボ歩くあたし。はー。なんか最近サエないね。しかも帰ったら帰ったで、シャワー浴びて準備万端のデブに、エクササイズされるしさあ。

「蝶々は恋人だけど母親なんだ！」「隠し子がいたのがショックだったんだあッ」。シながらも、えんえんとグチるダーを見上げながら、「…でも、やっぱ、こっちのほうがおもぴろい？」とあたしは全裸で思ってた。毎晩毎晩こんなことして「しるしをつけてやった！」（爆）などと、「攻略」した気になってるらしいダーが…。正直うざいし、実際、家出5秒前ってかんじだけど、それでも、手がかかるぶん、問題児のほうが可愛いのは間違いない。テツオちんのおかげで再認識。…根っから懲りない蝶々である。

8/21 (wed) 本日も占い日和（びょうき？）

〝修羅場〟には、いいかげん飽きてしまった。

〈SM〉とか〈夕フジ連載スタート〉とか夢のあるハナシなら、あたしも書いてて楽しいけどさ。とにもかくにも過去へ過去へとさかのぼることに終始する、〝不毛寺〟和尚の説法せっせと写経してもね。誰も喜びゃしないだろうし、だいいちあたし自身がすでにゲンナリ。同じ〝朝まで生討論〟なら、建設的なハナシにて、猪瀬直樹にツバと秋波を飛ばしたい前向きな蝶々である。

だからというわけではないが、「占い」は大ちゅき。暗かろうが明るかろうが、いつだって、未来をさし示してくれるんだもん。というわけで、本日も仕事を抜け、銀座某ビルまでいそいそ出向くあたくし蝶々。あたしがいそいそするとしたら【占い】か【男】【友達】がらみに決まっている。「つ、つい先日まで、リリアンの霊視にあんなに騒いでいたのに…」とあ然とされても構わないわ。楽しいものは楽しいし、何せ、今回の占いもこれまたスペシャルなの。誰かって？

仮に、ミセス小笠原（推定42・ペコちゃん系）としておこう。「…また仮名かよ！」ってキレないで!!! 蝶々だって、蝶々だってね…！ さっきからそのお名前を言いたくて言いたくて、もう耳からこぼれそうな状態なの。が、彼女もやはり「すり減るから」って、紹介をかたくなに拒むのである。ナンでも、よほどコネか気に入った子しか占わない、〝高飛車（ほんとにな）人生占師〟ってんで、業界じゃ有名らしいわ。そんな方となぜ蝶々は…といえば、ほら、あれよ。「求めよさらば与えられん」っていうじゃない？ ふっふっふ。なんと先週ゲンと行った銀座のBarにてお知り合いになったのよ。っていうか、カウンターの奥に、雑誌やTVで見覚えのあるお顔を発見した蝶々が、鼻息を荒くしながら、にじりよっていったと言ったほうが正しいかもしれない。

お友達らしい女性と飲んでいたミセス小笠原は、そんなあたしにただならぬ切迫感を感じたらしい。エルメスらしきグリーンの手帳を取り出すと、「21日の夕方4時から45分間。それでよければいらっしゃい」とおっしゃった。…あたしが行かないわけないじゃない。

そのときいただいた名刺の裏にあった地図に従い、歌舞伎座にほど近い場所にある古いビルの8Fへ。ピンポン。「はい」インターホンから即答。ドアを開けてくれたのは、涼しげなサマーニットをお召しのミセス小笠原ご本人である。「さ、どうぞ。もう鑑定はすんでるからね」…?そう、Barにて告げた生年月日と生まれた場所と第一印象で、ミセス小笠原の占いは、あっさりできちゃうんだって。さて、ソファに隣あわせに腰掛け、ハーブティーを仲良くいただきながら受けた鑑定は…。

「蝶々さんは、生まれながらにラッキーな星の元に生まれた人ね」「…最近、アンラッキーに見舞われたばかりですが」小さくぶ然とするあたし。「そうでしょうね。今あなたの人生、激動の時期に入っていますから」「…激動」。「そうです、恋も仕事も環境も、いま29年に1度の大変換期を迎えています」「大変換期」だんだん血の気がひいてくる。…これじゃリリアンの言うことと一緒じゃん！「あなたは社会的エネルギーがとても強くて、多くの人とつきあい刺激を受けながら、世に出る人なの」歌うようにおっしゃるミセス小笠原。「なのに。皮肉なことに、安ら

げる家庭も同時に手に入れてしまうの」。もはや地蔵と化している蝶々。「そして、その狭間で、あなたは身を削るほど苦しむ。何が本当に必要で、どの道を歩んでいくのか…まさに今、そのつらい自己対話が、あなたの目の前に課題として用意されているの」。

ミセスてば、まるで【銀悪】の愛読者のようではないか。その後、ダーとゲンとの相性もざっと鑑定してもらい、「ありがとうございました」と腰を浮かせかけた蝶々に、彼女は言った。「頑張ってね。この激動期、来年の6月まで続きますからねー」。

…来年て。だからもう「飽きた」って言ってるでしょうに。それじゃ蝶々、羽ばたく前に死んじゃうってば。とか言いつつ、今夜のところは、N・Y出張前夜のゲンといっしょにあんじょう羽ばたいておいた。罵られても、シメられても、どうしてこれには「飽きない」んだろね。

8/24(sat) 男は優しく、女は強く

今回の大阪旅行は、〃出迎えナンパ〃から始まった。

前夜もほとんど眠っていないため、のぞみ車中にて口あけて爆睡中の蝶々に、「ちょっといいですか？　お嬢さんお嬢さん」どことなく関西弁のイントネーションで、肩をたたく男あり。ちらりと薄目をあけ、視線を横に移動させせると、ダブルのスーツのダンディおやじが、返事もして

いないのに、すでに名刺を手にしている。間違いない、こりゃナンパ。もちろんそのまま気付かぬフリをして、窓側に寝返りをうつ。そのままなんとかやり過ごした。

「新大阪〜新大阪〜」アナウンスにハッと気づき、よだれチェックしながら辺りをキョロキョロ見回すが、ダンディおやじはすでにいない。ほ。キャリーケースをひきながら、駅構内をよろめきながら歩いていたら「ごめんなさい、ごめんなさい」。お次は、背後から謝ってくる男あり。振り向くと、これがいかにも関西仕込みの青年実業家（推定33）。明るい目鼻立ちと茶髪。スーツのシャツは目もさめるようなショッキングブルー。東男《あずま》にこんなんいないよ。寝起きで動きのにぶい蝶々が、ぼーっとしているのをいいことに、男は立ったまま、自身のおシゴト内容を一生懸命プレゼンする。何でも神戸生まれ、ミラノ育ちの新進ファッションデザイナーとのこと。

「新店舗の契約のため、きょうは大丸さんと松坂屋さんに行くんです」「あらー。あたしも松坂屋で、きょうお茶会なんですよ」目的地が同じだったこともあり、つい受け答えしてしまう蝶々。

…しかし、関西人て優しいよね。こんな肌も心もボロ雑巾のような女にさあ。と、うっかり感激しかけたが、考えてみりゃ今回会いにきたのは、日記サイト【S・D（シングルトンズ・ダイアリー）】の関西熟女。こんな男に用はなかった。差し出された名刺を受け取り、ついでに地下鉄までガイドしてもらい、バイバイする。でもね。関西人ってどうしてあんなに優しいの？

蝶々の左手首の包帯が痛々しく映ったのか、目的地のホテルにつくまで、見知らぬおじさんたちが「あんた、大丈夫か？　おっちゃんがもってやろ」って、代わるがわるキャリーバッグをひきずってくれたの～。これマジよ。蝶感激。

2時前、心斎橋のホテルにつき、ダブルベッドでゆったりと、でもつかの間の昼寝をし、シャワーを浴びてポイントメーク。親切にも「ひとめ会いたい」とわざわざ迎えにきてくれたG（商社マン）の車で、夕方、目的の松坂屋へ。が、車中Gとの会話が弾んでしまい、未マダム&しなの真知はともかく（ごめん）チーママ&tacoさんとは初対面だと言うのに、ばっちり遅刻しちゃったわ。姉さん方…西にきてまで男にだらしない蝶々を許してつかあさい。

と、愛らしぶって登場したあたしに、みなの第一声「細い～」。ええ？　む、むっちりしてない？　驚く蝶々。すでに何度か会っているしなのとマダムは「いや、痩せたよ…包帯も似合いすぎ」と心配げ。そんな二人は、相変わらずつるつるほっぺの明るい表情。チーママは、ロクがあるのにおっとりと愛らしいお方。【B・J（ブリジット・ジョーンズ）】サイト時代より目をつけていた（笑）tacoさんは、ねらい通りの不思議ブレンドの繊細ガール。というわけで、キャラいろいろ問題それぞれの女5人でかしましく歓談しつつ、最後は、チーママが2冊も持ってきてくれた【銀悪本】にサインまでした悪ノリ蝶。

しかし、サインさせるだけさせといて、チーママてば「お店があるから、ほな今度は東京でー」と本をしまい、爽やかに帰ってしまった。おい。仕方ないので残った4人も「じゃ次行きましょう」と数十分後レジを立つ。と、奥の席から、あたしを手まねくちょっといかしたおじさん2人。「？」「サイン、サインしてよ！」と、なぜか興奮状態で、あたしに向かってタオルを広げている。ど、どうして？　どうしてあたしを知ってんの？　もしや【銀悪本】てば、大阪でブレイク寸前?!　すっかり嬉しくなり、カツカツとおじさんの席に立ち寄り、言われるがままタオルにさっとサインをする蝶々。「女優さんでしょあなた！」。なんでやねん。「ちっ。サインしてソンしたよ」出口でぶつくさ言うあたしに「…すんなよ」しなの真知の目はなんだかとっても冷たかった。

そして晩餐会。プロモーター@未マダムさんの運転する車にて、tacoさんおすすめのベトナム料理の店へ。女5人で祝杯をあげた席には、ずっとお会いしたかった人・ナツコさんの少女のようなキュートな笑顔も。しかし、〝キャー〟と言いながら、笑顔でかけつけてくださったナツコさんときたら――「キャー」はこっちだよ！　ナツコさんたら、まじでベリーショートの髪型からして、女子高生時代の面影がそのまま残ったような可愛い方なの。「きゃー、あはあは」そんなにはしゃいで…ナツコさんたら【3LDKイキっぱなし】でしょ！

しかし、マダムといい、チーママといい、関西熟女の抜けるような明るさと、女らしさで上手にコーティングした素敵なたくましさといったら。東女だったしなの真知も、こっちに住むようになってからイキイキと、でもはんなりと、綺麗になったと思う。すさんだ東京生活にてしおれきっていたあたしの魂も、そのパワーに癒され、優しさに泣かされ、「そんなん、ほかっとったらええねん」とつっこまれているうちに、みるみる元気になっていった。本当は、こんな心身ぼろぼろの状態で、みんなに会うのは恥ずかしくつらかったけど…来て、よかった。

今夜の食事は、何を食べても美味しく感じる。シメには、かつおダシの絶品ラーメンも、女5人で並んですする。右隣には、今回、終始おっちゃんのような包容力とやさしさで、あたしを泣かせ続けてくれた末マダムさん。左隣には、「けろろんの代りに今回は！」と、背景解説から（笑）スカウトマンの追い払いまで、細々と面倒をみてくれたしなの真知。そして、その繊細さと生真面目さで、深い言葉の数々を交わせたｔａｃｏさん。とにもかくにもキャーキャーとイキっぱなしのナツコさん。うまく表現できないけれど、「こんなあたしも、このまま生きてていいんだね」って、思えたよ。

男は優しく、女は強く。大阪はやっぱり素敵な街だった。もちろんみんなのおかげだわ。楽しい時間をありがとう。

8/25 (sun) ナオミ号泣

「某ホテルのロビーで待っている。何時になってもいいから、必ず来てほしい」

じつは、昨夜、関西熟女と〝出家談義〟で盛り上がっている最中も、その男の〝生臭コール〟はひっきりナシに入っていた。そしてまだ出家するには若いあたしは、身をちぎられるような思いで熟女と別れ、今回、この世とあの世の架け橋的役割をしてくれたマダムに某ホテルまで送ってもらう。そして、ホテルの回転ドアをあけ、煩悩うずまく男の世界へ…。「ったく懲りない女だな」って思うでしょ？　浮気プリンスG（29・商社マン）か、夜遊び仲間の大魔王（38・商社マン）か、はたまた昼間のナンパ男（推定33・デザイナー）か。…ちがうのよ。だったらあたし翌日湿疹できないよ!!

鼻息荒く待っていたのは、誰だと思う？　他でもない〝デブ〟（40・生臭和尚）なのよ――！お、大阪にまで…？　と、驚く読者もいらっしゃるかもしれない。でもま、〝探偵〟するつもりじゃなくて、ダーも別の〝用事〟で来てたらしいよ。今回の旅行は【熟女会】だとは説明してあったけど、「あのアマのことだから」って、アジアのような関西の熱帯夜がふけるにつれ、不安も高まったんだろうね。気持ち、わからないでもないから、あたしもベトナム料理とラーメンでふくれたおかん腹でも見せてやるか、と、ヨレヨレしながら出向いたわけ。

で、いっしょにコンシェルジュおすすめのシックなＢａｒに行ったんだけど、…これがまた、フキゲンなのよ。「蝶々は（ハーッ）なんか（フーッ）、いやに楽しそうだね」。「僕は…（ッハー）考えたんだけど…」って。二人の間の空気どよ～ん。

…もー。ここまできて説法かよ！　お願いだからムダな思考はしないでくれ！　とそのダークな空気を、右手でバッバと払ってあげたのに、「キミって恵まれた人間だよね…」ダーリンは暗い空気をあくまで醸成。息苦しいので小一時間だけつきあって店を出る。

タクシーを拾う場所まで並んで歩いていたら、こんどはキタのクラブの支配人だと名乗る初老の男が、あたしに名刺を差し出してきた。はいどうも。受け取るだけ受け取ろうとしたら、「あっちへ行けッ」突然、デブが怒鳴った。閑散とした駐車場に鳴り響く。しーん。おじさんも「こら大変やな」って、あたしに目配せし、きびすを返して暗闇に消えた。

そんなことで、ホテルに帰ってからも、ああだこうだといちゃもんつけるダーと、N・Yからのラブコールと、近所で車でスタンバってるらしいGの電話やメールがなりやまず、いまいち寝つかれなかった。せっかく楽しかったのに、Wベッドのゴージャスルームをとったのに。男ってやさしいけれど、こんなときには面倒ね。っちゅーか、弱ってるあたしがさばききれなくなってんのよね。それでも明け方すこしまどろむ。

さて、翌日の大阪。昼前チェックアウトをし、今回アシにガイドにたこ焼き差し入れに（笑）とフルサポート体制のGに送ってもらい、梅田駅へ。しなの真知と「ゆかり」でお好みランチをし、再びGにピックアップしてもらい、新大阪駅へ。「実家まで送るよ。心配だよ」と泣かせる申し出をしてくれたけど、ごめんね、あたし捨てたら呪われそうな、ダーが買ってくれた切符を

持ってんの。「またね」。2時の新幹線で、実家へ向かう。さよなら大阪。そしてこんにちはナオミ（53・母・メルヘン系）。

「どうしてぇ…!?」はいは～い♪　と明るく玄関に出てきたのに、娘の顔を見るなり、玄関でいきなり表情激変のナオミ。

「?」。「何でそんなヒドイ顔をしているの…何があったっていうのよ?　そんな肌荒れて、人相まで変わっちゃって…で、ナンなのその包帯は…もう、もう、ママ、イヤだぁ…」うわあッと幼稚園児のようにしゃがみこんで泣き出した。

イヤなのはこっちである。が、仕方ないからドアをしめ、「大丈夫だよ、ね」と背中をさすってあげる。が、「大丈夫なわけがない!　そんな可愛くない蝶ちゃん見たことない!　うわー、うわー」ナオミは、イヤイヤしながら泣くばかり。その後、応接間のソファに落ちついてからも泣きやまず「なんで、なんで」とあたしを触ってうるさいの、手首のケガは【自転車で転んで】ひどい顔は【過労+デブとの痴話ゲンカ】とごまかし説明。…してんのに、「なんで?　デブさん、あなたより10も20も（ひどい）年上じゃないの!?」これがまた、さすが母親というか、こんな時だけけっこう鋭く核心だけをビシッとついてくるのである。

「デブのせいじゃないんだって。それに、喧嘩の原因も、あたしが悪いの」。「バカッ」…今度は〝馬鹿〟呼ばわり。

「何があったにしろ、蝶々をこんなブス（ほんとひどい）にする人なんかダメッ!　前、遊びにいった時から、仕事もして、奥さんでもないのにデブさんと暮らしている蝶々が、あたしは可哀相でたまらなかったのよ！」…は？　あんた「デブさんいい人、マンション素敵」ってはしゃいでたじゃんよ…とつっこむ暇もなく「もう帰らなくていいッ。そんなとこ戻ることないッ」。手がつけられない。

そしてパパのお墓参りの帰りに、いきなり焼き肉屋に連れ込まれ、カルビ、タン塩、ミノ、ホルモン、ロースを2人前ずつ注文。「それでも帰るっていうなら食べなさい！」ナオミの形相がマジ怖いので、泣きながら、2キロ太るほど食べた。親の愛？　ベッドを並べて休むまで、吐きそうなほど堪能したよ。げぷ。

8/27 (tue)
ゆれる、ビーズのバッグ

午後、【GINZA KOMATSU】で、ダーにビーズのバッグを買ってもらう。4万5千円也。以前から目をつけていた、フランス製の繊維で華やかな、そりゃ素敵なバッグなの。シンプルなワンピースにあわせたらきっとピッタリ。「うわ〜い」と、しみついた銀ホスマナーが、店頭であたしをバンザイさせるわけだが、実際は（…これくらいで済むと思うなよ）腹の虫がおさまらないわけ。「か、可愛いね、よかったね」とクレジットカードをしまいながら、汗をふきふきダーも言うけど、向こうは向こうで（…なんで被害者のオレが買い物させられてんだ?）って納得いっていないわけ。お互いフに落ちないのに、〝儀式〟として買い物をしている。本当は仲直りをしたくて、二人とも必死なんだわ…と、店を出て、日差しの強い銀座中央通りを汗ばむ手をつないで歩きながら、ふと互いが可哀相になった。

「世界は広い。おまえはいつまでそこにいる? いつになったら自分の人生を始めるんだ」と、N・Yでファイト中のゲンは、明け方メールをくれたけど、あたしも関西旅行で、祇園に出家しようかと血迷ったけど、世界は個人の集合体だろ? 今の自分や散らかした場所のカタもつけずに場所だけ変えたって、結局は同じ人生が続くだけだ。ま、おっしゃる通り、パートナーチェンジはしたほうがいいのかもしれないけどさ。

そういえば、日曜日パパのお墓の前で、並んで手をあわせたあと、ナオミがしみじみ言った。「ママねえ…あの時メチャクチャしてたでしょ?」あたしが高校生のころのハナシだ。パパ別宅騒動で、ナオミがぶっこわれた2年間。悪党のパパをなぜか信じきっていたナオミは、ショックを無防備な全身で受け止めてしまったらしい。あっというまにつるっぱげになり、10キロ痩せて発病し入院。退院後も、毎晩家で暴れていた。ガサ入れも尋問も、今のデブよりひどかったと思う。あの頃のパパの憔悴した顔や「蝶々、おまえたちまで傷つけてごめんな」と廊下でぼそっと言った言葉を、ちょうどあたしも最近よく思いだしていた。

「パパもよく逃げださなかったと思うよ。あの人はヒドイやんちゃばかりしてくれたけど、これた私のこともぜんぶ受け止めてくれたもの。だからママは、今パパに置いていかれても、しっかりして、子供たちのしあわせを見届けなきゃって思っているのよ」。あのナオミが!? こんな殊勝なことゆっとる!!!! 心底驚いた「…お、大人になったね…」「うん」涙ぐむナオミ。しかし、墓前でそんなタイムリーなこと言われても。さすがに万感の想いが去来する…。

「それはちょっといいハナシだね…」【KOMATSU】を出て入ったカフェで、デブも目頭をぬぐっている。ま、いいハナシだけどさ〜「その父親の娘なら、僕のすべてを受け止めてくれるん♪」とかカンチガイしないように。いいこと? いまやなぜだか完全に男女が逆になってるほど、そもそもは、あんたは男で、85kg級なのよ? いくらあたしが頑張り屋でも、人間には分ってもんがある。「もうあたしは3秒前だから。こんど不毛な〝説法〟したら、翌日は〝家出〟か〝KOMATSU〟だと覚えとけ」ビシッとクギはさしておく。「うひ〜こ〜わ〜い〜」福耳をおさえて、なぜか嬉しそうなダーリン。…相変わらず故障中だ。

あーいま、パパと話したいな。腹わってぜんぶ話して、当時の心境や対処法聞きたいし、「あの時は、大変だったね」ともう1度ちゃんとねぎらってあげたいね。…などと亡きパパに複雑な想いをはせつつ、今夜は残業。弱り目にたたり目っちゅーか、勤務中いろんな人とデートしすぎか、最近、本業までかなり忙しいのよね。結局、10時過ぎまでかかり、ケータイをONしたら、デブ和尚とアニ（CMディレクター・35歳）から留守電4件。アニは、近所の某七厘焼き屋で、飲み会をやっているという。「逃げてもダメ」ってわかっていながら、迷わず、あたしはそちらに直行。中央通りを走る蝶の胸で、ビーズのバッグはカサコソとゆれていた。

8/28 (wed) 愛する男は父なき子

蝶々は、なぜか〝父なき子〟に愛され、緑が深い、と『銀座小悪魔日記』で書いた。高校時代の彼をのぞけば、ダーを含めて歴代の彼氏は全員（！）そうだし、ゲンもタニマチも浮気プリンスGも、そして昨日のアニもそうだ。…すごくない？

彼らに共通しているのは、女性に〝従属〟ではなく〝尊敬〟を求めることだ。きっと、女手ひとつで育ててくれた母の影響だろう。「蝶々って、クロウト～」問題のない家庭で育った男子ならひいてしまうようなポイントで、みんな目を輝かせ、前ノリになる。しかも、父性を知らない男子たちは、足りないものを自ら補おうとしてきた結果か、年齢・容姿を問わずなぜか【マインドおやじ指数】が高い。ほら、蝶々って、いい年してファザコンちゃんだから～。そのへんで需要と供給がマッチ&スパークして、すぐ「わーい」って、膝の上にのっかっちゃうわけ（おい）。

なら幸せな関係じゃん？　よかったよかった、勝手にやってよ…と思うでしょ？　違うのよ。だったらあたしも首に湿疹つくってないの。

皮肉なことに、一方で、彼らは根本のところで「他者との愛」を疑っているのである。信じきれてない。「しょせんは、他人同士。愛情関係ははかないもの」と、どこか悲しくあきらめている。これがまた、兄弟でもいりゃ、まだ他者との関係築きながら育ってるだけに、病状も軽いのだが、これが〝ひとりっ子〟なら最悪なわけ。「頼れるのはじぶんだけ」って、あたしに言わせりゃ、かえって蝶ゴーマンなこと、心の底から思ってたりする。

そして、その最悪のケースをフル装備した男が、他でもない、ダーなのである。「…くっそー。いい年して…可愛いな♪　じゃ、信じさせてやろうじゃん」って愛されダルマで育った変態蝶は、そこでゴーッ燃えたりするわけだが、いやここんとこの日記通り、いくら愛があったって、んなことなかなか大変なのね。気力はあっても、カラダが持たない！

「蝶っち、つ、疲れてる…」今日も、ひさびさに国際フォーラムのカフェでお茶したゆっかちゃんにも、また驚愕されてしまった。日記サイトにて知りあった彼女は、たまに出張で上京するのね。で、あたしもそのモチモチふわっとした存在感と、相反する気丈さのブレンド具合が好みなもんだから、タイミングが合うときはいっしょにお茶したり、彼女の住む街で鮨食らったり、デブも含めて飲んだりして友情を育んできたの。ゆっかちゃんはゆっかちゃんで、【だめんず】気味な女（ごめん）なので、ダーの魅力やあたしの気持ちも、よくわかってくれるのね…。

「早くいつもの可愛いダー様に戻ってくれるといいね。蝶っちも、よく頑張っているよね」ゆっかも、〝ココがチャンス！〟とばかりに、蝶々落としの優しい台詞ばかり言う。しかも「あ、はいこれ。疲れを癒して」はいっとさしだされた長方形の緑の包みをよくみれば、温泉入浴剤ではないか。う、うう、ありがとう…。

1時間ほどゆっかちゃんと談笑し、癒され、銀座までお見送りして別れる。公私カキョウで、ゆっくり時間がとれないのが残念だったわ。で、デスクに戻り深夜まで残業。クマだらけの顔で帰宅したら、〝家出〟か〝KOMATSU〟のおどしが効いたのか、わが家の〝父なき子〟もちょっと酔ってゴキゲンちゃん。「蝶々〜蝶々〜、パンツ変えてくれ〜」あたしが帰ったのを見計らって、フローリングに仰向けになり、ぶっとい四股をジタバタさせている。しかし、何度見ても、桜島大根に蟻がたかったような醜い手足だ。その様子を見下ろしながら、この〝父なき子〟も、今、それでもあたしを信じたくて、もがいているんだな、と思った。ゆっかちゃんがくれた入浴剤が、湿疹とココロにしみた。

8/29 (thu) 弱った女に開眼シャンプー

夕方、【銀悪本】プロモーションがらみのお茶を終え、やれやれと会社に戻る途中、信号待ちしていたら突然肩をたたかれる。「すいませんッ」振り返ると、植物のように細く、なまっちろい若い男である。その手がポキッと折れそうな、やけに重厚なカメラを持っている。「僕、芸大の矢島（仮名・推定23歳）といいますッ」手作りっぽい、おしゃれな名刺をさしだす…のはいいが、ちょっとーそんな顔近づけて、あたしの顔にツバ飛ばさないでよねッ。連日の修業と本業のWハードワークで、イライラも絶好調の蝶々である。

「写真とらせてくださいッ」…ヤだね。ねえさんなあ、今じぶんの男が故障しちゃって、日夜修理で手いっぱいなの。ゆきずりの男にかける優しさなんて10ccも残ってないんだよ！「お、お願いしますッ」「急いでるので」背中を向け、歩きだす蝶々。

「ぼ、僕、10月に〝銀座の美女〟って個展やるんです!!」あ〜ら。それを早くゆってくれなきゃ。コロッと向き直るあたし。「やだな〜あたしじゃダメじゃない…?　お肌だいぶ疲れてるし…」とか言いながら、ささっと街頭にて髪をなおす。「問題ないッス。ばっちりッス」。カシャ、カシャ。結局、アップ2枚と全身、計3枚ほど撮ってもらう。で、聞かれたアドレスはカタクナに教えず、青山の某ギャラリーで開催するという個展のチケットだけゲット。

ふふ。デブとゲン、代わる代わるに連れてって「ほらね、あんたのせいで、ひどい顔でしょ！」とか「ねえ、このころヤツレテたでしょ…つらかったん」とか、いいように見せつけて盛り上がろう。デートのいいおかずになりそう。フッフッフ。ま、どっちも続いていればのハナシだが。

しかし案外、その頃には、まったく別の人と腕組んで見にいってるような気もしないではない。ライフisサプライズ。努力を放棄するわけではないが、恋愛も人生も、結局のところはなるようにしかならないんだよね。無駄にあれこれ考えて、なけなしの脳を酷使するより、目の前にある仕事片づけよっと。と、頭を切り替えてデスクについたら、ナオミ（53・母・メルヘン系）からふたたびケータイ。

「ねえ、やっぱり私、週末そっちに行くわ…」。デブさんにヒトコト言いたいの」。だーかーらー。来なくていいから！　今朝も30分説得したばかりじゃん！「じゃあ、ジンか王子をやらせてもいいかしら…」Ｂｒｏｔｈｅｒ'ｓも出動かい！　…おねがいカンベンして。そんなことして、デブの立場はどうなるわけ。「あのね、朝も言ったけど、もう大丈夫なの。デブも落ちついたし、あたしも昨日眠れたし、ごはんも美味しくて、そしたらあ〜ら不思議。すっかり可愛くなっちゃって、いまも声かけられて写真とられたとこなのよ」。ナオミを呼んで、新居とデブを全焼させたくない一心で、いい加減なことばかり並べるあたし。「写真って？　まさか変な写真じゃないでしょうね!?」「ふつうの」。安心してよ。変な写真なら、うちのチェキとかデジカメにもいっぱいあるけど、ぜんぶデブの痴態だし。

…さておき、しかしここまでナオミが食い下がるところを見ると、あたしもよほどヒドイ顔してんだろうね。急にブルーになる。が。電話を切って、ふと気づいた。【蝶々史上最高ブス顔】

くらいのことナオミにガンガン言われるわりに、大阪でも銀座でも、相変わらず街頭キャッチの機会もガンガン。どういうこと？　これまで〝美肌〟と〝愛敬〟が女の命、と信じて疑わなかったけれど…もしかして、男って、じつは案外、〝クマだらけの女〟とか〝包帯巻いてる女〟に、グッときたりするのかしら？　そういえばＧも「色っぽい蝶々も好きだけど、やつれた蝶々もまたいいね♪」ってはしゃいでたし。…わからない。

しかしもっとわからないのは、デブリンの心の動きである。どういう電波をキャッチしたのやら、ここんとこ急になんだか落ちついてるの。それどころか今夜も深夜帰宅したら「おかえり！おかえり！」と、言いながら、ビール片手に、パンツ一丁でダダダと玄関まで迎えにきてくれる。ナンだかなあ…とケゲンな気持ちで、洗面所で服を脱いでいれば「手、まだ痛いんだろう？シャンプーするよ。包帯とるよ」と強引にバスに割り込んでくる。じゃ、てんで、メーク落としから全身洗いまで、ぜんぶ丁寧にやってもらう。シャンプーも、浴槽に腰をかけるダーの太ももにおでこをつけ、がしがしと洗ってもらう。

と、その時。「蝶々、なんだか、痩せちゃったね」ダーが驚いたように言った。修羅場から、ずっとみんなに言われてきたのに。ダー自身は、そのことに、いまようやく、気づいたみたい。「ごめんな」頭を預けてうつむいているから見えないけど、真上から聞こえるダーの声は、確かに、いたわりに満ちている。頭皮に感じていた乱暴な指圧も、なでるように優しくなった。

…とか言って、明日にはまたカムバック〝和尚〟かもしれないけれど。今夜のところは、流されるシャンプーといっしょに、こっそりと泣いておいた。いくらでも泣けた。そしてやっぱり男って、弱った女に優しいんだね。

8/31 (sat) つかのまの逢瀬

ただいま。ゲンもN・Y出張からぶじ帰国して、デブリンもぶじ帰宅してた。

はー。嬉しいけど。また楽しみと、気苦労が、増えるわね。ではちょっと、ダーと遊ぶね。

おやすみ。日記は明日まとめて書くね。

秋空と
女心は、
うつろう

9月

9/1 (sun) 興信所をつかう男を愛せるか

このことは、やっぱりちゃんと書いておこうと思う。いずれ別れるにしろやり直すにしろ、きょうを置いては、その重さと選択に、真実味がないと思うので。

【ダーはあたしが好きすぎて、今、頭がヘンになってる】。

いやもちろん、互いに苦しんできたのにこの1か月の修羅場にして、そんなこた、十分承知していたつもりだった。でもまさか〝興信所〟つかうまで、人間が落ちているとは思わなかった。驚いた。

その留守電を聞いたのは、快晴の日曜午後。声の主は、病床のタニマチS氏（51）。退院でもしたのかしらん？　と思って聞けば。「デブさんって人から、電話がありました。〝僕と蝶々同棲しているから、もうメールを送るのをやめてくれ、肉体関係はあるのか？〟と一方的に失礼な尋問されたんだけど…そんなことより蝶々、あの人は大丈夫なのかい？」。

…なんですと？　思わず寝起きの耳を疑う。しかし、再生ボタンを押せば「デブさんって…」何度聞いてもその心配全開、呆れ半分のメッセージは同じ。やはり聞き間違いではない。なんとダーは、ゲンにあきたらず、今度は瀕死のS氏の身元まで突きとめ直談判してるのである。「もう〝愛してる〟とか言うな〜!」って。…可哀相に…言わせてやれよそれくらい。と、一緒になって呆れている場合ではない。野郎は大まじめなのである。状況から推察するに、ン10万円はたいて興信所つかってるのは間違いない。…この1か月の苦労はナンだったんだよ…ざけんなよ。静かにブチキレるあたし。しかもカンジンのご本人。どこ見渡してもいやしない。即ケータイでつかまえる。

「な、何?」あたしの静かすぎる声の調子に、ハナからビクビクしているダー。「も、もうすぐ帰るよ。今駅ビルのカフェでお茶しながら、仕事してるんだ」。…「〝電話〟してたんだろうが」単刀直入に言う。「だ、誰に?」何のつもりか、とぼけるダーリン。「S氏だよ」。そこでダーが居直った。「…今、商社マンも調べているんだ」。

何この男。あたしの人間関係をすべておさえなきゃ気がすまないわけ…。いったいどういう権利があって? 書くのも切ないハナシだが、初めてダーを〝気持ち悪い〟と思ってしまう。そのまま伝え「ご勝手に」と電話を切り、準備してあった1泊用のバッグを持って家を飛びだす。

涙も出ない顔面蒼白状態で、タクシーを捕まえ、ゲンに電話を入れようとしてふとためらう。こんなハナシ、あまりに情けなさすぎて、いくらなんでもできないや…。

自分のためか、ゲンのためか、ダーのためかわからないけど、今日のところは黙っていよう。

とりあえず気を静めなきゃ、といったん会社に出向いた。

と、デブからメールが入る「この件については、何も言うつもりないから、帰ってきてください」。…何も言うつもりない？　何ゆってんの⁇　あまりに驚いて返事を返せないでいると「今夜は栗ご飯を食べたいなあ」とメール。興信所のあとに、旬の味覚のハナシをしとる。完全に、こわれている。

人気の少ない休日のオフィスにて、し〜んと固まっていると、今度はケータイが鳴る「…なに？」とりあえず出てみる。「どこにいる⁉」メールとはうってかわって、鬼気迫る声。「会社」。「嘘だ」。「くそデブ、目をさませ」。ガチャリと切って、オフィスの電話からコールバックしてやる。…今度は出ない。わけわからん!!!!!

と、5分後にふたたびメール。「すまなかった。帰ってきてくれ」。……。

誰もがヘンだと言うけれど。自分のせいで、ここまでおかしくなっている人間を、あたしはとても放置できない。デパートで買った栗の包みを、痛んでいない右手にぶらさげ、電車に揺られている時、もしかしたらデブは、「そんなあたしの性格を見抜いて、安心して壊れている？」という気が一瞬する。

案の定、帰宅後も、脈絡などなかった。栗ご飯とさんま、きのこのマリネと南瓜と玉葱の味噌汁をさっとこしらえ、食卓を囲んでいる間は、それでもまだよかった。「あたしの気持ちはこれで終わった」と告げても「しかたないよな…」とあきらめたように答えた。お風呂に入っている

時も、今後の荷物の分配やスケジュールの照らし合わせ等すべて、いちおう、質疑応答確認できた。

でもベッドに入ってからは。「何も出ていかなくてもいいじゃあないか」。そこまでしておいて、そこまで壊れておいて、何がデブを動かしているのであろう、まだ、こんなことを言うではないか。「二人でいれば、いつだって楽しいじゃあないか」「…今は、つらいばかりだよ」真っ暗な天井を見ながら、無粋なほど生真面目に答えるあたし。もうおどける余裕がない。

と、「プーケットは、楽しかったね」突然ダーが言いだした。「スコールのあと、虹を見たよね、北海道では花咲ガニ食べたよな…紫の卵巣が気持ち悪いって、蝶々が大騒ぎして…」。不気味なのと可哀相なのと、どうしてこんなことになっちゃったのか、という思いが、あたしの目尻にジワジワ涙をにじませる。もうくたびれ果てていて、涙も出てこないと思っていたのに。

「L・Aじゃ、ポールグッティ美術館の花の庭園がキレイだったね。蝶々も喜んで、写真もいっぱい撮ったよね」。大阪じゃ京都じゃ沖縄じゃホノルルじゃマウイじゃロンドン香港じゃ…あとからあとから、楽しかった旅の思い出を、二人がくったくなく仲良ししていた時間たちを、ダーが愛おしそうに語り続ける。

そして、相づちも打たずに黙って泣いているあたしを抱きしめ、世にも不毛なエクササイズ。レイプとも感じないかわりに、もう幸せだとも思えない。ただ悲しいだけだった。

「この場所から、自由になりたい」。明け方、心から思った。

9/7 (sat) 生きてます

いま、実家に戻ってます。ようやく【S・D（シングルトンズ・ダイアリー）】サイトのぞけたかんじ。ぼろぼろだけど、一応、生きてます。

更新もしてないのに、のぞいてくださったり、励ましや心配のメッセージをくださった皆さま、本当にありがとう。お返事が、なかなかできなくてごめんね。でも、こんなときだからこそ、優しさがしみて、鼻たらすほど蝶感涙。

9/9 (mon) 深夜の電話

実家にて。昨夜1時間ほど、デブりんとじっくり話した。「帰ってきてほしい。考えて、考えたけれど、どうしてもキミが必要なんだよ」と言う。

「あたしも」って、できれば答えたかったけど、この1か月の修羅場は、というよりデブの言動は、魂ごとあたしを萎えさせていたようで、今後のことについてだけは、どうしても言葉が出てこなかった。その沈黙がめちゃくちゃ重くて、昼間ナオミと行った美術館で心を奪われた作品や、けろろんに教えてもらった美味しい餃子屋さんの話とか一生懸命して、切った。

では帰京します。カラダは、元気になったよ。

9/10 (tue) ひな鳥の歌

深夜、4日ぶりにダーに会って、驚いた。「ひ、ひな鳥…」。そう、頭頂部の毛髪が、あきらかにまばらになっていたのである。しかも、連日、朝から晩まで【帰ってコール】を続けていたくせに、さっきまで「帰ってきてくれるな?」と確認の電話をよこしていたのに、いざダイニングにあたしの姿を見つけたら、顔を真っ赤にしつつも、新聞を一心不乱に読むフリをしてこっちを見ない。

薄毛にて、ご丁寧にもBGMはエルトン・ジョン。「…あんた、淋しくて毛が抜けちゃったの?」と思わずその頭髪に手を伸ばしたら「ちがうやい、楽しかった、ああ、ここ数日楽しかった」だって。しょ、しょうがなさすぎて、可愛い…と、1泊分の小バッグも置かぬまま身もだえする蝶々。

しかし、この修羅場で思ったことには、こういうあたしの感受性が、長い時間をかけて、ダーをダメにしてきたのかもしれない。よくわからん。でも笑える…。

あたしが微妙にウケているのを、素早く察したのだろう。「お、おかえり」ロッキングチェアにて、ようやくぎこちない笑顔をよこすダー。「にゃ、にゃんまげ…」ブス可愛い笑顔は相変わらずだ。

抱きしめてみたら、酸っぱい汗のにおいがした。おかしなハナシだが、修羅場にて変わったのは、あたしの体重とダーの毛髪だけではない。なんとデブの体臭も変わったの！　いつもひなびた犬小屋のニオイがしていたのに（気に入ってた　笑）、いきなりツーンとくるような男子校生の部室のニオイへ。人体って、やっぱり不思議。っつうか、おっさん、まじめに発奮しすぎ。

「そりゃ、もう、やばいって」。ホテル1泊・実家2泊の、3泊4日の家出の間、誰もがほとんど涙ぐみながら言った。ゲンやG、タニマチーズの親切や意見はどうしたって私憤や劣情プンプンだから、あたしもまともに聞いちゃーいないが、ナオミや、Brotherジン、けろろんはじめ多くの女ともだち&ねーさん's など、純粋にあたしを心配してくれる人もみな。ありがたくて、切なかった。いつのまにか、あたし自身もそう感じるようになっていたから。

ぶっこわれにギア入ってるダーは、ガサ入れに飽き足らず「それって犯罪？」ってことまでやらかしてくれ「デブさんの実名、部署、住所教えてください」と何人かに聞かれたほどなのである。…たかが、痴話ゲンカのはずが、いつのまにか3面記事のかほりまで…。それでも「いや、不器用な人だからね」と言うあたしを、みんな心底哀れそうに眺めている。

　だから、今夜の一時帰宅も、揺れて迷って、独断決行。特に何を話しあったわけでもない。明日どうなるかもわからない。ただ今夜のところは、お互いの安否を確認し、別々にお風呂に入り、いっしょに玄米を食べて、酸っぱいニオイのするダーと、エルトン・ジョンを聞きながら、手をつないで寝た。「ねえ蝶々。この歌知ってる？　…ボクの気持ちもこうなんだよ」。寝室の暗闇に～Your Song～が流れたとき、デブが突然言いだした。【君に歌を贈ろう。落ち込まないで、という願いを歌詞に込めたよ。君がいるというだけで、僕の人生はなんて素晴らしいんだろう】。

　…よく言うよ。みんなが聞いたら呆れるわ!!　「ウルサイね。さるぐつわしたらどう？」と口の中にグーを入れようとしたら、ダーはふがふが言って喜んだ。本当に、子供みたいな笑顔だった。ずっとこうならいいのにね。でももう夏も終わっちゃったね。

　蝶々の荷物はまだ、別の場所に預けてある。

9/11 (wed) イカした狂四郎

　久々に、ココロときめく男性に会った。その名は、〝眠狂四郎〟（ねむりきょうしろう・推定52)。…って、知ってる？　あの昭和初期の銀幕大スター〝市川雷蔵〟の当たり役！　あの〝円月殺法〟のニヒルな影ある二枚目よー‼ いや、蝶々だって、うちの社長なっちと、数年前、リバイバル映画で一度見ただけなんだけど。しかし当時も、着流しの似合うスラリとした肢体や、日本美男子独特の面長・切れ長の目、色気と影のあるオーラにすっかりやられちゃって、「雷さま！ 狂四郎さま！」って、ひと月くらいは騒いでたわけ。

でもま、しょせんあたしは〝本番主義〟。もともと芸能男に興味はないし、雷さまもあの世だし、「やっぱり、デブでいいや」って、例のごとくすぐ飽きちゃってたの。

だから、タフジのパパU氏（41・知的ブンヤ系）から「じつは、うちの代表が、〝眠狂四郎〟そっくりでしてね。蝶々さんをいたくお気に入りで、会いたいと言っているんです」と聞いたときも「ふん。代表っていくつよ。〝眠〟ったって、どうせ、居眠りしまくりの翁でしょ！」って、いまいち本気にしていなかった。

とーこーろーが。今夜、待ち合わせの銀座8丁目の割烹で、U氏立ち合いのもと、初対面を果たしたそのお方は！ 「きょ、狂四郎‼」。これがマジでスラリ&面長のイイ男。しかも、ココがカンジンなのだが、タフジの〝狂四郎〟ってば、蝶々好みのキテレツ系！ 物言いは非常にゆっくりと品のいいお方なのだが、言うことと視点がいちいちヘン！（おおはしゃぎ）。

「いや…【銀悪】には文章のセンスと新しい才能がキラキラしてますね」「わ〜い。ありがとうございます」修羅場の疲れもふっとび、日本酒をぐびぐびやる蝶々。「僕は、非常に、感心しましてね…」で、何を誉めてくださるのかと思えば「〝トイレ介添え問題〟ってあったでしょう。…いや素晴らしい」。この代表、男のトイレについていくあたしに、真剣に感心している！「僕は、もう年だから…夜更かしはしないんですが、立花隆の『田中真紀子研究』と蝶々さんの『銀座小悪魔日記』は、3時近くまで読みふけってしまいましたよ」。

き～。どういうラインナップだよ。殺し文句もいいとこ！（違？）。その場で卒倒しそうな蝶々。

その後も、美酒と美食を楽しみながら、10月7日スタートの新連載（毎週月曜。よろぴくね）のハナシから、銀座ママ談義、恋愛観まで、3人の話題はあちこちに飛んだわけだが、終始「キャッキャ」はしゃいでは「狂四郎も、トイレ見られたい？」等、失礼な質問ばかり繰り返す蝶々と、「フフフ…」とニヒルにほほえんでは、大胆なお答えをくださる狂四郎の飛びっぷりは、目新しい、というか、目に余るものがあったらしい。

U氏は時々何かを言いかけつつも、やがてすべてをあきらめたかのように、ある虚無感を漂わせながら、お酒を召しあがってらっしゃった。狂四郎となじみだという女将も「まあ、おきれいなお嬢さまで。さっきから見とれちゃって…」等お愛想を言いながらも、けん制するかのように、時折、鋭い視線をくれていた。

…ごめんあそばせ。

店を出たあとは、ありがたいことに、狂四郎が専用ハイヤーで送ってくださるという。暗闇の車中「蝶々君。じつは、帝国に部屋とってあるんだけど、どう？」とか言われたら、そこは家出中の蝶々奴。どうしよう〜？　と一瞬ワクワク？　したのだが、さすがにそこは代表。非常に紳士的に、デブの待つ新居まで送り届けてくださった。

おかげで、すっかり楽しい気分で帰宅したら、ブーも数分後登場。今夜は、寂しさをまぎらわすため、知人女性と飲んでいたらしい。浮気のひとつもして、気を紛らわしてくれるかと思えば、なぜかサエない表情である。「蝶々は、僕がいなくても楽しいんだね。…僕は、どうしても、楽しくないのに。なんか不公平な気がするよ」。

セリフも何だか恨み節。っていうか、本当に、最近のダーが言うことは、あたしを息苦しくさせることばかり。うざったいので「〝数年間でもあんなふうに愛されたら、男は、恨むどころか感謝しなきゃ〟って、狂四郎も言ってたよ！」と言ってやったら、一瞬絶句し「キミは確かにイイ女だけど、もう他の女の子じゃつまらないけど、だけど、だけど…〝まとも〟じゃつきあいきれないよ！」。

そして、畳にすばやく寝転がり、下半身丸出し状態で四肢をバタバタさせはじめた。…てめえのどこがまともだよ。しかも「あーん、よちよち」等あたしが駆け寄らないのがツライのか、たたんでおいた洗濯物をぐじゃぐじゃに崩したり、ブラやパンツを四方に乱れ投げたりまでし始めた。

…あたしは確かにヘン好きだけど。こんな「狂」四郎は暗くてイヤだ。だから、ふすまをそっと閉め、寝室に鍵をかけて寝た。

9/13 (fri) 雨の金曜日

雨ふってきたね。しかも金曜夜ときたら。
好きな人に会いたくなるよね。
では！

9/14 (sat) 強欲の秋

〝初秋〟と〝家出〟は、案外似合う。

「あたしは今、自由よ～」という夏の名残りチックな高揚と「でも、MY住基ネットはしょせんあそこ…」というメランコリーが、微妙なグラデの今の季節にピッタリなのよ。足元はふわふわココロもとなくて、靴やコスメを、やたら衝動買いしちゃったり。かと思えば、この修羅場であからさまに薄くなったデブの毛髪が脳裏をよぎり、万物の生と死に思いをはせては、ちょっぴり泣いてしまったり。なかなかオツな日々である。せっかくだから、この一瞬一瞬を、大事に楽しみたいと思う。ミエコ（27・フリーライター）の彼・のぶんまでも…。

そう、あたしが修羅場だ、家出だ、夕フジだ、等じぶん事情でテンパっているうちに、飲み仲間・ミエコの最愛の人、あろうことか、クモ膜下で死んでしまったのである。享年34歳。は、早すぎない?! このネタ、デリケートすぎて、状況や私見を詳しく書けないいんだけど。うー。とにもかくにも、心よりご冥福をお祈りします。

ミエコも死ぬほどツライだろうが、彼のぶんまで、力強く生きて、精一杯こっちで供養してあげようね…。蝶々とマキコ（元同僚・現主婦）と、いつでも一緒に日本酒をがぶ飲みするからね…。と、昨夜も今回のアジト・Zホテルにて、ミエコと泣きながら電話で話している蝶々を見て、ゲンは頭を抱えるフリをした。

「どうしておまえの周りって、普通じゃないんだ」「いや、ゲンほどでも…」「そうだな。じゃ弔い合戦行くか」ガバッと顔を上げる。〝弔い〟って、アンタ関係ないでしょうに。しかも不謹慎なほど喜々としている。ゲンはいつだってこうである。「ダーが、〝帰ってこないと、荷物焼く〟って言ってる」とブルーな気持ちで話しても、「よかったじゃないか。蝶々これでスッキリするだろう」とニコニコ肩叩いてくるし。…ひでー奴、と思いつつ、ゲンが心からそう言っていることは、その無邪気な表情からも明らかなので、「そっかな?」と、あたしもあっさり気楽になっちゃうの。そして、誰の話も聞こえないから、二人は無軌道なことになる。

以前ごひいきの占い師・マダムKが蝶々とゲンがいっしょになったら〝内外に病人か死人が出る〟って言ってたけど。「イヤですよ」って当時はおばさんのフリしてゴマカしといたが…案外本当だったりして。ダーとの関係も「何度やっても〝死神〟が出る。こりゃ最高の腐れ縁」とドカンと太鼓判を押されてるけど、ゲンといる時間の楽しさは腐らない。いつでも異常に新鮮である。

「今日も蝶々に会うって言ったら、〝もうやめてください〟ってコミナトに言われた。あいつも馬鹿じゃないんだなあ」と、部下の心配を、ゲンも笑って教えてくれた。

とはいえ、せっかくの自由と3連休である。朝から、めいわくケータイ鳴りまくりの二人だが、なかなか離れがたく8丁目の【Queens way】にて、並んでリフレクソロジーをし（ほぼ爆睡）、【THE GINZA】で秋物ニットを買ってもらう。ローズ色のハイネック。ストレスで湿疹だらけのMYデコルテも、着ればすっかり隠れちゃう。

「ぷらっと京都でも行くか?」とゲン。ああそうね…こんな時こそワビサビしたいね。が、無粋なあたしは休日出勤。心配するゲンに、タクシーで銀座まで送ってもらう。

それを着て、中央通りの人混みを歩きながら、「デブにも見せてあげたいな…」と思った。それでもまだ、どうしてそう思うのか、われながら理解に苦しむ。

ダーはダーで、居場所も告げず、「お互い何をしていようが、いいじゃない。騒がなくても生きてりゃまた会えるわよ。それが、愛するってことだと思う」ってわけわかんないレス繰り返してるあたしを「理解できない。愛憎も整理つかない」んだって。

…そりゃそうだ。じぶんでもメチャクチャだと思うもん。でも、ダーにもゲンにも生きててほしいし、降りるぶんには止めないけれど、お二人さえよろしかったら、ずっと仲良くしていたいの。そして、自由でいたいのよ。はー。

…この強欲、一度死ななきゃ治らない？

9/16 (mon)

シーソーゲーム

銀座界隈をプラプラしていると、3回に1度くらいの頻度で会ってしまう男がいる。年のころなら40前後か。長身かつスマート。口元がなんとなく軽薄な点に目をつぶれば、なかなかの2枚目でもある。頭もビシッとセットしている。そう、アイモトちん（古巣クラブ部長）。まあ、勤務中も銀ブラしまくりのあたしもどうかと思うが、商売とはいえ、奴さんも平日祝祭日問わず、銀座中どこでも見かけるからコワイ。4丁目の交差点や近藤書店で、「すみませんと声かけられて、振り向くと、名刺をさしだすアイモトちんってこともしょっちゅうなのだ。男連れのときは、向こうもさすがに声をかけてこないが、すれ違いざま、意味あり気に目配せしたり、「これはこれは！」とでも言うように、大げさなジェスチャーしたりするので、蝶々もキモ冷やすわけ。

で。家出最終日の今夜も、また西5番街のヴァンクリ前で、アイモトちんにバッタリ。上客ゲンと一緒だったので、さすがに「蝶々、早く戻ってきてよ！」等いつものセールストークはなかったが、小一時間後、沖縄料理屋で泡盛がぶがぶ飲んでたら、すぐ電話がかかってきた。面白いから出ろ、とゲンも言う。

「はい」どうでもいい男には、やたらぶっきら棒な蝶々。「蝶々〜なになに？　今どこ？」「銀座です」切り口上。しかし相手はビクともしない。「なになに？　ゲンさんと一緒？」「いえ、もう一人です」。傍らのゲンも、ミミガーを食べながらニコニコと聞いている。「なになに？　蝶々、ゲンさんとつきあってんの？　あの髭もじゃもじゃの太ったほうはどうしちゃったの？」。

…そう。アイモトちんは、当然ダーとあたしのデート現場も、過去、何度も目撃しているのである。いちおう、ダーもクラブに訪れているのに、可哀相に、ぜんぜん記憶にないようだ。まだクラブ勤めしていた当時、初めてダーとあたしが歩いているところを目撃したアイモトちん。翌日、あたしは終業時間前、奴に呼び出しを受けた。

よほど驚いたのだろう、前フリなしでアイモトちんは言った。「何なの？　あの男性？　蝶々って、ああいうの好きなの？」「…〝ああいうの〟って何スか」憮然とするあたし。「だって、なんか…。絵面似合わないじゃない。クマみたいな顔して短パンなんかはいちゃって…。蝶々ってクールで謎だと思ってたけど、ああいう男が好きなんだ〜」へ〜ほ〜ッ。わざとらしく、何度も繰り返すアイモトちん。「余計なお世話じゃないですか？」。頭にきて、皆まで言わせず冷たく切り上げた記憶がある。が、アイモトちんは水商売人独自の勘で「あの妙ちきりんなのが、蝶々の彼氏だ」とちゃっかり見抜いていたらしい。

それが、今夜ゲンと腕なんか組んで歩いているから、【デブとは終わった↓だからゲンと遊んでる↓クラブにも復活するかも】という思考回路が生まれたようだ。単純な男である。この単純さとマメさに、「くすり」と笑った女たちが、ついついクラブ勤めにはまっていくのね。そんな感慨にもおかまいなしで、アイモトちんのマシンガン・トークは続く。

「で、今ヒマなの？　ヒマでしょ？　1杯だけつきあってよ！」「取り込み中で…」「じゃー来月は、パーティーあるからヘルプしてね。約束だよ！」ガチャ。…約束なんだって。あまりの強引さにたまらずゲラゲラ笑い出すあたしに、ゲンも「奴はすごいなあ」感心している。まあね。いつもヘラヘラして見えるアイモトちんだって、20年銀座で食べてきたプロだ。こうやって「こいつは使える」とふんだ女子を、常に10数人は平行してかきくどいてるんだもんね。

正直言って蝶々は、夜の銀座に「あたしの欲しいものはない」と痛感し、心から飽きて上がった。〝取材〟や〝気分転換〟で、1日ヘルプはできるけど、よほど状況や心境でも変わらぬかぎり、連続勤務はもう無理である。同様に、このゲンとも「好きだけど、重すぎて、いっしょに生きていけない」と思って別れた。…が、こうしてまた、なにげに仲良く過ごしてるし。じゃ、今度は、もしダーリンと別れたら？　…復帰してたりして、と思ったら突然ブルーになる。前に進んでいるようで、ここ数年、あたしはずっと同じ場所でシーソーゲームを続けているだけなのかも。ダーとゲン、シゴトとクラブ、自由と愛を、子供みたいにギッタンバッタン。しかも、なぜかアイモトちん立ち合いのもとで。

その滑稽なビジュアルが、妙にリアルに頭に浮かんで、突然気分が悪くなる。店を出て、銀座の道端でしゃがみこんだあたしに驚き、ゲンが傘をさしつつ背中をさすってくれたけど、蝶々は「明日は、家に帰ろう」と思っていた。アイモトさん、あたし、なぜだか、〝妙ちきりんな〟ダーに会いたい。

…ギッタンバッタン。

9/17 (tue) 淋しいひな鳥は肥る

3日ぶりに愛の巣にもどってみたら、MYひな鳥は、まるまると肥えていた。…。薄毛化と同様、肉眼でもハッキリとわかるほど、主に腹部が膨張している。まるで嫉妬のあまり、想像妊娠したかのよう。

「…肥ったね」ただいまの代わりに、思わず言う。言い方が、少し冷たかったのかもしれない。慌てて、椅子の背にかかっていたバスタオルで、さっとデ腹を覆うひな鳥。「隠しきれてないんだよ」はみでている肥えた尻をペシっと叩き、荷物を床に置き、家中を点検してみると。はっはあ…。ダイニングテーブルはもとより、和室のローテーブルにも、寝室にも、ビールとチューハイの缶がゴロゴロ。流しには、〝明星一平ちゃん〟とか〝日清ソース焼きそば〟の空が山積み。絵に描いたような、中年男の荒んだ生活模様である。

しかも、無言でパトロールするあたしの後ろを、いちいちベターっとついてくるので、振り向きざま「こらッ!」と薄毛をつかんで面を上げてみたら、ああッ。…鼻毛まで。あまりの惨状を見過ごせず、そのままソファに座らせ、ジョギジョギとカットしてあげた。「はい、〝フン〟して!」とティッシュをあてると、首までまっ赤にしながら素直に〝フン〟している。「よかったね～これで綺麗になりまちたね」と、ママのふりして頭をなで、ゴミを捨てに行くついでにそのままバスルームに消えようとしたら。「…待ちなさい」。呼び止められる。

「キミ、今回いったいどこに行ってたんだ?」。

さすがに鼻毛カットを恩にきせたくらいでは、3日の家出は誤魔化せないらしい。「メールした通りだよ」Brotherジンのとこだ。と告げてあった。興信所から上がった写真でもつきつけられないかぎり、そう言い張る覚悟で帰宅したのだ。

ダーはジンと会っていない。が、今回の家出で、明け方、シゴト明けのジンと銀座のバーで話しあっているとき、電話がかかってきたので会話はしている。ジンは蝶々とちがって、とても常識的な男なので「男女のことは、兄弟とはいえ、僕が介入できるところじゃありませんが。蝶々がどうも元気がないみたいなので、デブさん、大切にしてやってくださいね」とヒトコトだけ言ってくれたの。そしたらブー、何て言ったと思う？「やあやあ、キミもナオミさん(蝶ママ)を大切に！」だって。朝方、血相かえてガンガンケータイ鳴らしている男が、何を大人ぶってんのやら…と笑っちゃったが。


ともかく帰るなり尋問では、互いに消耗するだけなので、「いいからお風呂に入ろうよ」と強引に誘う。ダーはぶつくさ言っていたが、さすがに、また喧嘩すると、即こいつは出てく、と学習したらしい。大人しくついてきた。いっしょに湯船に入り、シャンプーをしてあげる。本当に、頭頂部の髪がまばらになっていて、ふびんになる。しかもますますデブっちゃって…。この人、こんなふうで、いったいどうするんだろう。

好きだから不安になって、相手をどんどん束縛して、かえって相手が離れていく。たとえ蝶々と別れて、新しい女の子とめぐりあっても、よほどサエない女じゃないかぎり、他の男の影はいつでもあるだろうに。そのたびに、こんなことを繰り返して、最後は孤独になっちゃうんだろうか…。

もう、好きとか嫌いとか、男とか女とか越えて、ただ心配の境地になる。きょう掲載していただいた夕フジの【銀悪インタビュー】だって、本当はいちばんダーに見せてあげたいんだけど。このぶんじゃ、見せたらまた毛が1万本くらい抜けちゃいそう。

というわけで、お口にきっちりチャックして、並んでベッドで寝たのだが、深層心理の力というのは恐ろしい。いまだあたしも信じられないんだけど、翌朝、青ざめたダーが言うには。どうも明け方、蝶々、いきなり高笑いはじめたらしいのね。「…何?」とビクッとしたダーが聞けば「あんたねー!」眠りながらも、いつものようにやたら威張っていたようだ。しかも言うにことかいて「【銀悪1】くらいでびびってどうするのよ! 【銀悪2】は、もっとスゴイんだから! ダーなんか泣いちゃうよ!」と自らぶちまけ、アハハハハと笑ってまたくーくー眠ったらしいの。…おかげでダーは悶々として眠れなくなり、明け方またソース焼きそば食べたんだって。…。

9/23 (mon) プールとジャグジー

午後おそめ、ゲンと某ジムのプールで泳いで東京がパノラマのように見渡せる屋外ジャグジーにて、曇天の東京の空を眺めた。水着の肩がひやりとして、昔二人で行った冬の忘帰洞を思い出す。しみじみ。

屋台でおでんを食べて、8時には別れた。ダーがうるさいから…というより、原稿がたまってて、ケンカしてる暇なくて（笑）。ゲンもよく文句も言わずに（いや、時々ちくっと言うけどど）つきあってくれていると思う。

プールのおかげで、カラダのネジが締まったみたい。相変わらず、頭のネジはバラバラだけど。

そんなふうに、また3連休が終わった。

9/25 (wed) AV女優のみなさんへ

【コスモポリタンHP】のインタビューでも語っているように、蝶々は、20歳ごろまでひそかに日記をつけていた。一人暮らしを始めてから、度重なるストーカー事件や恋愛都合などで、計8度ほど引っ越しをしているが、洋服や雑貨は捨てられても、日記だけは、その時代の思いたちまで捨ててしまうような気がして、どうにも処分できなかった。数年間、ダンボールに封印したまま持ち歩いていたのである。

しかし、今春、デブと同居にあたって、日記はいよいよ手離さなければならなくなった。で、実家に送り返す前に、ばーっと読み返したのね、その20冊以上にもわたるボロボロのノートたちを。われながら驚いた。乱暴な言葉の断片たちのおかげで、その頃の想いや会話、情景や息遣いまでが、鮮明によみがえってきたことはもとより、とにかくまあ、自分自身があまりに身勝手なことに。

先日ある友人に「蝶々って、すごい根性。大胆にも出版しちゃうわ、修羅場っても、そのまま書き続けているなんて」とホメ？　られた。…いや〝根性〟とかじゃなくて。単に、モノをつめて考えない、ブレーキ不良の女なの。っていうか、最近、【日記作家って、AV女優みたい…？】と思わずにいられない蝶々。

はじめは「すべてを見られるなんて恥ずかしい…」とか言って、水面下でコソコソ活動してるんだけど、そのうちに自分の裸体に反応してくれる人たちも出てきて、何やら自虐的なドーパミン出始めちゃって、「これもイッとけ」「あれもイッとけ」状態へ。しまいには「ココはこういうシーンから…」「どうせならこのポーズも…」などと、セルフ・プロデュースし始めちゃうの。…ま、そんなお馬鹿は蝶々だけかもしれないが。

しかし、今度引っ越しするときには、この【銀悪】シリーズも、あのボロボロのノートたちみたいに、実家の押し入れに封印しなきゃいけなくなったりして。あれはあれで、切ないやら重いやらで、けっこう手間なのよね…。

どうか賢明なシングルトンの皆さまは、モザイクを上手に駆使して、Web日記を楽しんでね。

以上、本番女優・蝶々からのお願いでした。

9/28 (sat) ふくれっ面でもめんそーれ

午後12時30分。東京は朝からあいにくの雨だったが、沖縄行きANA便は、定刻通り羽田を離陸。ふくれっ面の蝶々と、もともとふくれたデブ乗せて。

「お飲み物は何にいたしますか?」スッチーに声かけられても「結構です」「こら蝶々。朝から何も口にしていないじゃないか。スープくらい飲みなさい!」。「…保護者ヅラすんじゃねえよ」。レディ蝶々、いきなり〝高部知子〟(by積み木くずし)状態。

そう、せっかくの沖縄プチヴァカンスだというのに、あたしの気圧は低気流。何しろ、今朝方までまた〝説法〟聞かされてたんだもん! ゲンとたまに朝帰りしたくらいで、来週香港行くくらいで、「俺の立場はどーなるんだ!?」って。ほんと、いつまでたっても道理のわからぬ和尚である。

だから、あんたの好きな小坊主は、出自が小悪魔なんだって。ＤＮＡの問題だから、叱って縛ってどーなるもんでもないんだよ！　…というような反論を、蝶々もガチンコモードでかましていたせいもあり、家を出る寸前まで、行く、行かない、でモメてたわけ。直前になって「じゃ、沖縄では説法しないから…」と和尚がようやく譲歩したので、南国は嫌いじゃないし、眠い目こすって腰上げたの。

そして那覇空港まで2時間30分。眠いわ、腹立つわ、ブルーだわ、で蝶々は、ほとんど無言でブータレていた。が、空港のゲートをくぐるとそんな気分はあっさり蒸発。ムッとするような亜熱帯チックな湿度。暴力的に照りつける太陽。…そう、9月も末だというのに、沖縄ってばまだ蝶々のいちばん好きな〝夏〟だったのよー。今年は修羅場のせいで1か月ふいにしてしまった…、とずいぶん悔やんでいたけれど。「めんそーれ！　やったあ!!!」。さっきまで悪態をついていたことも忘れ、デブの首っ玉に抱きついてしまう。「めんそーれ！　…えへへ、よかったね、さ、レンタカーを借りに行こ！」すでに汗ばんでいるデブりんも、アロハの腕をまくって張り切りだす。…二人は、東京でみんなに迷惑かけてないで、沖縄で住み込みでもしながら、出直したほうがいいのかも。

さて、いやま開発されすぎてハワイに似てきた感のある市内を抜け、レンタカーにて小一時間。緑濃い山道を抜け、目的の恩納村に入るなり、突然視界が明るくなる。何かと思えば、目を明けていられないほど、燦然《さんぜん》と橙《だいだい》に燃える夕日である。そして、その強烈な光を受け、キラキラと輝く雄大な東シナ海。わーい。昂揚《こうよう》モードのまま、今回のホテル【ブセナ・テラス】に到着。鮮やかな緑に彩られたエントランスをくぐり、チェックイン。オーシャンビューの部屋に通される。

ボーイさんに礼をいい、デブと外を眺めたら、ちょうど、あの大きな夕日が、海に落ち、溶けてゆくところだった。まさに、〝ウェルカム・サンセット〟。

「…やっぱり来て、よかったね？」あたしを後ろから抱きかかえながら、少し不安そうにデブ。

「まあね」とあたし。あんまり夕日が綺麗すぎて、こんなひどい状況で、いつ別れようかと考えている毎日なのに、こんな恋人みたいな会話してることが、なんか恥ずかしくなったのよ。

「あ、見て。下にあんな広ーいプール！　行かない？」と話題を変えてみたら、デブも「おうっ」とその場で短パンを脱ぎだした。「さいてー」と言いながら、あたしもその場で服を脱ぎ捨て、二人とも水着に着替え、競うように部屋を飛び出す。

そして、優しい沖縄の風をかんじながら、おなかがぺこぺこになるまで、月明かりのプールで遊んだ。沖縄料理と泡盛も、たっぷりと堪能して。寝床を変えても、二人の行く末は見えないが、とりあえず、いま、蝶々は笑顔である。

9/29 (sun)

風の丘の蝶々

海、鳥、蝉がめいめいに鳴く声で目が覚める。…ここ【ブセナ・テラス】に、BGMはいらないね。ベッドでまぶたを閉じたまま、悦に入りつつ、その原始的かつ芸術的なハーモニーに耳を澄ませる蝶々。ああ、美しい。

蝶々が、目覚めているにもかかわらず、しばし目を開けなかったのは、うっとり聞き入っていたせいばかりではない。だって、はるばる沖縄まできて、こんなに美しい〝リゾートの朝〟を迎えても、隣には毛むくじゃらのデブがべったり寝汗かいてんだもん。しかも、「蝶々、蝶々…」寝ぼけながらも、その汗ばんだ手は、あたしのカラダを求めている気配。「…うう〜ん」寝返りを打つフリをして、サッと身をかわす自分が哀しい。

過剰な〝修行〟で、すさんでしまった女ゴコロは、この豊かな自然をもってしても、そうすぐには潤わないのね。昨夜のエクササイズでも、ココロの感度は鈍化していた。たぶんダーにもそれは伝わり、ふたたび不安にさせてたみたい。

朝食後、プライベートビーチでひと泳ぎしたあと、吹き抜けの風と海をのぞむ眺めが心地よい1Fの【マロード】にてお茶をしてたとき、ダーがこんなことを言い出した。

「蝶々、目をつぶってごらん」。泳ぎ疲れのだるさで、悪態つくのも面倒なので、名物のブセナ・パパイヤボート（くりぬいたパパイヤに、カスタードクリームと各種フルーツがトッピングされたデザート）をすくうスプーンを止め、おとなしく目を閉じてみせる蝶々。強烈な沖縄の太陽が、まぶたの奥まで差しこんでくる。

続けるダー「目を開けると、隣にはキミの好きな人がいるんだよ…、いるとする。さあ、それは誰だい？」。

…誰って、デブがいるんだろうよ？　と思ったが、質問の意図はなんとなくわかる。「ダーだよ」と即答すりゃいいものを、あたしも素直な女なので、つい考えこんでしまう。ずっと「沖縄に行こう」と言い続けていた、ゲンのことを考えないではないけれど、今隣にいてほしいか、といえば、それも違う気もする。

黙りこくっていたら、ダーがあたしの手をぎゅっと握った。「蝶々、さ来週、またココに来ないか？」「いいけど…」戸惑うあたし。沖縄もブセナもヴァカンスも、疲れた心身に思った以上にここちよい。でも、今あたしが求めているのはダーでもゲンでもないのかもしれない。それが何か、と考えているうちに、ピアノの生演奏が、ビートルズの【The Long and Winding Road】を奏で始める。再び聞き入ってしまい、結局答えは見つからなかった。

いったん部屋に戻ってひと休みし、今度はドライブへ出かける。じつは、旅の前から狙っていたカフェがあるの。といっても、そんじょそこらのカフェではない。なにせ、オーナーが「この美しい夕日を独り占めするのは忍びない」ってんで、わざわざ人気のない山のてっぺんにこしらえた、知る人ぞ知る絶景カフェなの。

さて、さっきのビートルズではないが、看板を便りに、〝長くくねった山道〟をゆき、頂きへ。あかね色の空にそびえる【風の丘】は、想像以上に立派な、焦げ茶色のログハウス風の建物だった。階段を上って中に入れば、木が醸し出すひんやりした空気とやさしい香りが…。「広い！」「ちゃぶ台もある！」大はしゃぎの蝶&ダーは、フローリングをペタペタと走りながら、雄大な山の景色をすぐそばに眺められる、テラス席へ。

それにしても、茶を飲む前から空気がうますぎ！ そして、すぐ目の前に広がる雄大な山の景色と、海に乱反射する、まぶしいほどの夕焼けといったら…。あんまりの神々しさに、運ばれてきたコーヒーとビールにも手をつけず、しんと打たれるようになる二人。

…浮気がなんだ、修羅場がなんだ。くだらん。この広い世界には、こんなに美しい風景があるんだから。つまんない時間を過ごしてないで、死ぬまでに、愛する人と、こんな綺麗な景色をいっぱい見たい…。「また、そんな勝手なことばかり言って！」と叱られるかと思えば、夕日に金色に照らされたダーリンも「そうだな」と頷く。

と、突然、2匹の小さな黒い蝶々が、あたしたちの頭上に現れた。交尾の最後の時期なのだろう。天井の梁《はり》にからまる緑のそばで、狂ったように追いかけっこをしている。見ていたらふいに

泣けてきた。

9/30 (mon) プライベートビーチ発見！

沖縄は【ブセナ・テラス】の一室にして、潮風に吹かれつつ、朝6時から原稿を書く蝶々。BGMは波の音。片手にはひっきりなしのメンソール。って、山田詠美じゃあるまいし。だいたい、本日しめきりにつき、しゃかりきになって書いているのは〝ロマンス小説〟ではなく〝ダフジのエッセイ〟なのだ。南国リゾートにて朝っぱらから、小池栄子がどーしたこーした、うんぬんかんぬん書いているあたしは、…もしやけっこうダサイやつ？

ブランチ後、ブセナとの別れを惜しみつつ、昼前にチェックアウト。ショップにて、ナオミに土産のガラス製品とハガキを見つくろい、行き先も決めぬまま、レンタカーにて国道に出る。沖縄は本日も快晴だ。今夜のフライトは、夜9時発。時間だけはたっぷりある。どうするー？　と聞くと、自信満々にほほえむダー。どうやら名案があるらしい。突然、男らしくぐんっとスピードを上げだしたので、つられて嬉しくなった蝶々「どこどこ？」とウキウキモードで尋ねてみたら「〝羽賀研二〟のアミューズメントスポットさあ！」。一瞬、車内がシンとする。

当然、そんな場所には行かず、そのままクルマを走らせてもらう。と、どこまでも連なっているかに見えた緑の間に、妙に気になる細い道が…。クルマを止め、緑をかきわけ、その先の崖を、ミュールにて苦労しながら降りてみれば。ああッ!!

岩場に囲まれた、湾のようなエメラルドグリーンの海ではないか。しかも、見渡すかぎり、ひとっこ一人いないのよ! 真っ青な空も、眩しい太陽も、エメラルドの海も、二人じめ。何これ? 〝ザ・ビーチ〟? あなたってデブプリオ?(違)。パラソルもチェアも、当然、シャワーもないけれど。これぞまさしく、〝プライベートビーチ〟である。

「泳ぐしかない!」「うん!」思わぬお宝ビーチ発見に、久々に、二人の心が一つになる。再びクルマに戻り、コンビニで、バスタオルやジュースやサンドウィッチをまずは買いだし。はやる気持ちを抑え、転がり落ちないよう気をつけて、崖を降り、白い砂浜で、素っ裸になって水着に着替える。

「ちょ、蝶々も大胆だね…?」ぽいぽい服を脱ぎ捨てるあたしに、さすがにあたりを伺うダー。「いいってことよ! 誰もいないいってば」。完全にナチュラルハイ状態の蝶々。

人の手が入っていない、自然のままのビーチだから、でっかい岩や小さい石も、小さな魚も、カニ(!)も、ゴロゴロしてる。構わず走り回り、海に飛び込んだり、ダーと水中プロレスして遊んでいたら、岩に滑り、足首を切ってしまう。上がってみたら、赤い血がじわーっとにじんでいる。ふだんなら「イタイ！　死ぬ！」って大騒ぎするところだったけど。あまりに粗野で綺麗な場所だったので、「塩水で洗っときゃ、いいや」って、じゃぶじゃぶすすいで、また泳いだ。

しばらくしたら、現地の漁師風のおじさん4人が、ビールをらっぱ飲みしながらやってきて、とっくみあっている蝶&デブに、心底驚いたらしい。全員横並びで、口あんぐり。…この場を打開するのは、あたししかいない。ととっさに判断し「おーい」と手をふってみたら「台風がもうすぐ来るから、荒れるぞー」と教えてくれた。

たっぷり〝プライベートビーチ〟を満喫したあとは、【万座ビーチホテル】で宿泊客のフリして(笑)シャワーを浴び、夜は市内にある市場2階の食堂で、新鮮な食材を使った沖縄料理のフルコース。入れ替わり立ち替わりの人々で、ワイワイガヤガヤごったがえすテーブル席にて、オリオンビールでデブと乾杯。「二人でいると、楽しいな。ずっと一緒にいような。いろいろ苦労かけて、ごめん」とダー。だからもう、そんなことはどうでもいいのよ。

〝沖縄〟で胸いっぱいの蝶々は、うす黒くなった顔で、ビール片手に、ただニコニコ笑ってた。

愛憎台風停滞で、考える

10月

10/1 (tue) 嵐の後の色っぽさ

帰京するなり、台風上陸のNews。

いよいよ台風の気配が空を覆い始めた夕方、やはり、ガマンできなくなってきた。迷った末「帰ったよ。連絡できなくてごめんね」とゲンにメール。たぶん待っている、と思った。案の定、即「だいじょうぶさ～。台風と蝶々上陸、熱烈歓迎。遭おうぜ！」とレスが。

正直言ってホッとする。

ヴァカンス直前の麻布十番→恵比寿デートでは、当然のごとく「…沖縄？　何を考えてるんだ？」と絶句され「…結局、やり直したいってことなんだな。アイツと？」と天井向いてつぶやかれ、「ちっぽけな男じゃないかよ？　おまえは、そんな女じゃないだろう」でアッパーくらって、文字通り、ベッドから起き上がれなかった蝶々。それでも、ゲンは「おまえに、教えてやるんだぞ」と、朝焼けのタクシーで、いくつか沖縄のおすすめ店を教えてくれたけど、…行けるわけがなかった。

7時すぎ仕事を終え、待ちあわせのゲンのオフィスへ。タクシーを拾い、混みはじめた246

を走っているとき、ダーからメールが。「史上最大級の台風だって。僕は帰るけど、蝶々も帰れるかい?」沖縄でべったり時間を過ごしたせいか、すっかりゴキゲンモードである。

「ごめんよダーリン…」と、なぜだろう、以前ほどは、じつはもう感じない蝶々。デブリン、沖縄、楽しかったね。海も空もハッとするほど色鮮やかで、でもその日々はすでに、ずいぶん前のことみたい…、だって今夜はこんなに空が荒れて、風がびゅーびゅー吹いてるもん。ゲンにただ、会いたかった。

玄関で、ちょうど、ゲンの右腕・ジョーさんが帰るところにバッタリ。「今夜の台風スゴイんだってよ。二人とも家に帰らなくていいの?」とウインクされる。こういう日だから帰りたくないの、と思ったけど、クサすぎるから黙ってた。

誰か残っているかも? と一応ノックして部屋に入る。と、ゲンは英語でややこしそうな商談中。怒濤の20代を海外で過ごした彼は、じつは英語がかなりお達者。六本木でも麻布でも、バーでも街角でも、すぐ外人と子供みたいに盛り上がってて「蝶々、次の店こいつら連れてくか?」とか言いだすので「おい」と思うこともあるし。かと思えば、書道をしたり〝孟子〟を愛読していたり。ミタメもそして考え方も言動も、ホントに国籍不明の男。

4日ぶりに会ったら、妙な口ヒゲ生やしていたから、余計にそう見えた。「アヤシイー」と口パクで言ったら「そう?」と言うように自分の口元を撫で、ニッコリ笑う。電話を終えたゲンに

「クロコちゃんおかえり」と抱きしめられて「やっぱ焼けた…?」と軽くショックを受けつつも、ああ、この混とんとした世界にまた、あたしは帰ってきたんだな、とようやく実感。

結局、台風はあっけなく8時すぎに去ったけど、あたしとゲンは、白金の外れのバーで二人でずっとこもってた。台風が世界を荒らして、季節が進んでいくように、あたしが大人になっていくには、時々ゲンが必要なのね。「…自分でワガママだと思わない?」と肩をもたせかけている、斜め上からゲン。「でも会いたかったんでしょ」と頬をぐっとつねってやったら「その性格、直せよ」と悪態をつきつつも、ゲンの嬉しさが温かい肩からもビシバシと伝わってくる。

いつもより、さらにイチャイチャしているあたしたちに、気を使ってか呆れてか、マスターも、ほとんど話しかけてこなかった。密閉された夜の時間は、いつだって色っぽい。台風もときめくけれど、嵐の後の静けさも好きだ。

10/4 (fri)
岩海苔プレイはジャパネスク

約束の11時をまわっても、なかなか鮨屋に姿を見せないシンタロウ(40・編集長・M)。行くべきか行かざるべきか、オフィスにて、その身を震わせ懊悩しているに違いない。

というのも、本当なら3人は、明日から〝香港SMツアーinペニンシュラ〟の予定だったのである。百万ドルの夜景をバックに、阿鼻叫喚の北京ダック・プレイに興じるはずだったのである。が、肝心のダッグ（シンタロウ）の不始末により、突然の1週間延期。しかも、連休に重なってしまったせいで、【ペニンシュラ】がとれず【リッツ】か【マンダリン】だっていうの。これは、今回スポンサー兼コーディネーターを一任されているシンタロウの明らかなミステイク。女王様がお許しになるはずがない。

「…まだ、来ないわね〜」と、口調は穏やかながらも、さっきからベキッ、バシッと箸を4本も折っている女王様。大将も愛人店員のミッちゃん（48）も、前回のまな板プレイを目の当たりにしてしまったせいか、なにやら緊張の面持ちで「さ、サービスだよ」と頼んでもいないアワビやら塩辛やらを出してくれたりする。もう、神聖な鮨屋にて、あんな破廉恥な行為をしてほしくない…そんな気持ちが痛いほど伝わってきた。


と、タイミングよく、例のパイロット・アツロー（31）からケータイが。顔は良くてもシャレのいまいち通じない男子なのですっかり放置していたのだが、今夜は女王様もいるし…と出てみる。六本木にて、先輩パイロットと飲んでいるとのこと。しかも先輩は〈M男〉らしい。即、キヨウコに告げ、合流決定。一方、そんなライバルがやってくることなど、露ほども知らないシンタロウ。数十分後、おどおどしながら黒いスーツ姿で登場した。

「お、おあらためくださいい…」ビールもつまみも頼まず、まずは2通の白い封筒をそれぞれに差し出す。【キョウコ様】、【蝶々様】、とワープロで打たれた封筒をあけてみりゃ、旅行の便名&詳しい日程表。「ビジネスクラス…」中央に座っている女王様が、ギロリと左隣のシンタロウを見た。「す、すみません、ファーストだと、僕がエコノミーにしても、僕の旅行券ではおさまらないんです…」「じゃ、あなた、クール宅急便でいらっしゃいな」あくまで冷酷な女王様。「蟹もいっしょに！」と海鮮好きの蝶々。

しかし、今回はシンタロウの招待旅行だというのに…。感謝されるどころか、なぜかますます威張られている。人の世は、いつも不公平なものである。しかも、あとからきた新規のM男（35・パイロット・鈴木一真系）に、すっかり主役？ の座を奪われちゃってさあ…。

その後、一行は、高輪の一真のマンションで、大将がくれた〝岩海苔3瓶〟で遊んだのね。コンビニで買ったトーストとかリッツに、女王様がバターと岩海苔塗って「とってこい競争」とかしたんだけどね…。ほら、編集者って生活不規則じゃない？ どうしてもパイロットのほうが、身体能力高いわけ。パンツ一丁で、フローリングを駆け回るシンタロウ…正直言って、すっごく可哀相だった。１枚も食べられないんだもん。女王様は、一真のおなかばかり撫でて、かなり満足気なご様子だったが…。

蝶々とアツローは、部屋の狂乱振りを眺めながらワインを静かに飲んでいたのだが、肩を落とすシンさんがあんまり気の毒だったので、乳首に岩海苔を塗ってやりながら「岩海苔プレイ、つらかった？」と帰る前に聞いてみたら「…と、とってもジャパネスク、ってかんじです」だって。見れば頬は紅潮し目はきらきらと輝いている。

…同情してソンしたよ。しかし、このぶんなら、香港のＳＭナイトにもかなりの期待が持てそうである。

10/7 (mon) 〝嫉妬〟と〝ダフジ〟

〝嫉妬心〟を飼いならせるほど、器用な人間は多くない。たいていが、そのドーモーな感情に足をすくわれ、愚行に走り、顔つきまでも下品にしてしまうんだわ。でもって、ココロはおろか、しまいにゃ自らのカラダまで蝕まれてしまうのね…。

人は人。自分は自分。浮気な奴でもハニーはハニーって2か月修行を積み重ねても、どうしても悟りをひらけないの。愛してるから？　生臭いから？　それともあたしが〝蝶々〟だから？

…というわけで、和尚は最近、絶不調である。

ぬけ毛や沖縄での全身ヤケドに加え、ここんとこ、原因不明の頭痛や足の腫れにずっと悩まされてんの。「ふん、いいキミ！」と最初は思い「邪悪なココロを今スグ捨てよ！　きえー」などと叫びつつ、30㎝定規で肩を思うさまぶったりして遊んでいたあたし。が、昨夜の救急病院以来、マジ100％のダーの苦痛顔を見ていたら、だんだん、ふびんになってきた。

「もしかして…このままポックリ逝っちゃったりして…」パパが突然死したこともあり、こういう時、あたしはいけない。ふだんはご存知の通り、病的ポジティブシンキング野郎なのだが、愛する人や家族が原因不明の不調を訴えたりしばらく連絡がとれなかったりすると、まさか…、そんな…？　いや?!　いやよ!!!　と、突然、喪服のコーディネートを考え出したりしちゃうのね。

小うるさかったけど、可愛かったダー。深酒をするたびに、口から泡をふいてたダー。カメラを向けるたび、サッとお腹をひっこめていたダー。あたしのパンツをかぶせると、イヤイヤしながらも満面に笑みをたたえていたダー。…死んじゃうの？

午後、オフィスでいてもたってもいられなくなる。落ち着かないまま近所のコンビニへ向かいα波飲料レモリアを購入。会議室でひとり、とりあえずレモリアを飲む。やや興奮もおさまると、またダーが心配になってきた。「具合はどう？」とメールをすれば「やはり頭痛がする」と気弱なレス。一升瓶くらっても二日酔いすら寄せつけない、健康肥満体のダーである。こんなに頭痛が続くなんて本当に珍しい。…実際、修行も愛憎も、生きててナンボの話だし。シゴトも原稿もゲンもうっちゃって、タフジだけバッグに隠して、ダーと帰ることにする。

8時すぎ、ソニービル前でひさびさに待ちあわせ。やはり、顔色が悪い。「成城石井で買い物して、うちで何かつくろうか？」今日から連載スタートのタフジの負い目も手伝い、優しい言葉

をかける蝶々。野菜多めの八宝菜でもつくろうか、と考えていたら「天ぷらが食べたい」と言う。食欲はしぶとく健在とはいえ、銀座で遊ぶエネルギーもなさそうなので、電車に乗り、うちの近所の天ぷら屋へ。美味しそうな油の匂いが充満する店内は、しあわせそうな夫婦やカップルでいっぱいだった。沖縄じゃ、あたしたちだって、隣のみんなみたいに、しあわせそうに見えたのかもしれないのに。デブりんにビールをついでやりながら、ふと、こんなふうに仲良く外食することも、あと何回あるんだろうなあ…と感傷的な気分に襲われる。

同じようなことを感じていたのだろうか。ダーも突然、こんなことを言う。「この間、出版パーティーをしたセルリアンタワーのレストランは、ステキだったのかい?」。「うん? 夜景が綺麗だったよ」「今度行こうか?」とダー。「いいよ。ダーが思いきり飲み食いしたら、5万はしそうだもん」と笑ったら「でも、いいじゃないか」とダーの横顔はシリアスタッチ。「蝶々とこのお店で食事したことは、思い出に残らないけど。5万円の食事なら、二人はずっと覚えているよ」と言う。

…そうだろうか? あたしはきっと、ダーと別れ、二人の食事を思いだすことがあったとしても、高価な鮨屋のカウンターや海外のレストランを思いださない。あの無垢のテーブルで、ワインをあけ手料理を食べた夜や、深夜にしょぼい居酒屋でわーわー飲んだくれたことを思いだすに違いない。

二人でいる時間は、数年間、掛け値ナシに楽しかった。穴子やきす、海老、銀杏、まいたけなど、季節の天ぷらを、もくもくと食べながら、しかし、あたしたちは何のせいで別れなきゃいけなくなったんだろう…？　と考えていた。ま、タフジのせいじゃないことだけは確かだね。

10/8 (tue)

未明に放火

ダーの看病とか説法とか〝そばにいてくれ〟コールとかで、昨日もなんだか眠れず。コンビニへ煙草を買いにいくついでに、3時すぎ、散歩に出かけて。近所の公園で、ゲンのやさしい手紙をライターで燃やしたりして。「そうしな」ってゲンが言うから。

しかしこんな夜中に、帽子と眼鏡姿の女が、ベンチに座って、ライターで火つけてたら〝放火魔〟だと思われるしね…と思ったら笑えてきて、泣けたよ。

何をやっているんだか。

10/12 (sat)

女王と犬との珍道中

連休初日の午前6時。「どうしても行くのか？」と憔悴しきったシリアス顔で食い下がってくるダーをふりきり、玄関前にてタクシーに乗り込む。バタンッ。ほ。が「蝶々、蝶々ーおッ」ダーってば、なんとドラマの主人公のごとく、海岸通りに飛びだして、身を前に倒し、全力で叫び始めるではないか。ナニゴトか？　と驚いたに違いない。「…いいんですか？」とタクシーの運ちゃん。…いいに、決まって、ん、で、しょ、う、がッ。おじさんね、コレ、〝今生の別れ〟ならまだしも、単なる〝2泊3日の香港ツアー〟だよ？　ガラス越しのダーの姿がみるみる小さくなっていっても、蝶々はプンプンしてた。

…とまあ、こんな調子で、成田のゲート入りする直前まで、ダーは何やらギャアギャアしつこくメールをよこしていたが「乳飲み子かい」と蝶々は知らん顔。

だって、まもなく上海蟹とＳＭの、魅惑の香港なんだもん。女王様とバター犬の、〝愉快な仲間〟と行くんだもん。しかし、このメンツで遊び始めて数年たつが、海外旅行は初めてである。「名古屋旅行のときは、シンタロウも最後までさせてくれなかったもんねえ…」「まだブリッコしてたんだね」「至らなかったと思います」。フライト前のさくらラウンジで、朝っぱらからビールで歓談する3人。そして10時、すでに酔いどれ状態の女王と蝶々は、犬を従え、ＪＡＬ××便にて香港へ。

4時間ほどのフライトを経て、広大で近代的な香港国際空港に着。シンタロウが用意した黒塗りのリムジンに乗り込み、〝香港の丸の内〟、セントラルにある【マンダリン・オリエンタルホテル】へ。「あー滅入るわ。このワタクシが、ペニンシュラ以外に泊まらされる日がくるなんてねえ…」リムジンの中でも、シンタロウをチクチクいじめる粘着質の女王様。二人のSM会話を子守唄に、フライトも車内もぐーぐー寝っぱなしの蝶々。

さて、黒い建物に、金色の扇子が目印の【マンダリン・オリエンタル】に到着。ロビーに入ると、炎のようにゴージャスなシャンデリアにアールデコ風の調度品。…眩しいほどの成り金趣味である。「悪くない…悪くないわ」ヒカリモノ好きの女王様も、少し溜飲が下がった模様。が、そのあとがいけなかった。

なんと、もう午後3時だっていうのに前の客がレイトチェックアウトを申し出たせいで「部屋には通せない」「8時まで外で時間をつぶしてこい」って言うの。「ざけんじゃないわよ」しどろもどろのシンタロウの説明を聞き、白人たちが振り返るほどの勢いで、烈火のごとくお怒りになる女王様。また、説明にきた中国女のフロントがいけなかった。ワビるどころか「私は悪くない！　海外ではこういうことある！」の一点張りで、女王だけではなくレディ蝶々まで「この女、いてこます」って、ワナワナきてしまったわ。

結局、チーフマネージャーまで呼び出してクレームつけまくり、落とし前は、香港マネーでつけてもらった。そもそも、今回の旅は、シンタロウの招待旅行なので、数万円割り引いてもらったって、あたしたちに何のトクにもならないんだけど。そういう問題じゃーないのである。日本人をナメてもらっては困るのである。

というわけで、無事お国のメンツを守れ、一息ついた3人。ディナー前に、軽く、香港の街をブラつくことにする。女王様は近所の【フランク・ミューラー】にて、美しい青ベルトのダイヤ入り時計をゲット。260万の値札がついていたのに二人で軽くゴネてみたら、5分で50万もディスカウントしてくれ驚いた。

ところがシンタロウ。タカられる危険を察知したのか、いつのまにか消えている。「いいわよ、どうせディナーの予約は入れてあるんだから」と余裕しゃくしゃくの女王様。「ヴーヴ・クリコ空けてやろう」と喋々。「上海蟹とあわびもぜんぶシンタロウ持ちね」「当然でしょ」「ほーほっほ」「はーっはっは」。

すっかりゴキゲンの2人は、続いて【上海灘《シャンハイ・タン》】という地元のコジャレたセレクトショップへ。女子らしく、毛沢東モチーフ（爆）のキッチュなバッグや上海シルクの小物入れ等を買い込む。

7時すぎ、ホテルに戻り、シャワーを浴びてドレスアップ。今夜のディナーは、マンダリン上層階にある、広東料理の名店【文華】。クラシックで豪華な雰囲気の店につくと、シンタロウは先に円卓に着いており、薄暗い照明のもと、緊張した面持ちでワインリストを眺めている。「あー、喉渇いちゃったわ」と威圧的に挨拶する女王様。というわけで、3人はヴーヴ・クリコでめでたく乾杯。あとは30年ものの紹興酒と青島ビールで、前菜から、牛肉とセロリの炒め物、あわびの姿煮、上海蟹まで、絶品広東料理を堪能。シンタロウの顔色から察するに、支払いも〝それなり〃だったようだ。

礼儀正しい女王と蝶々は「じゃお返しに」と、夜の街にシンタロウを拉致して、香港式ラーメンを奢ったわ（笑）。ベトナムのフォーに似た、白麺の、淡白な味わいのラーメンをすすりながら、シンタロウは目にうっすら涙を浮かべていた。美しい二人と、美味なる香港に来られて、きっと感激したのに違いない。

10/13 (sun)

九龍に向かって発射

しかしなぜ、シンタロウは、妻でも恋人でもない女王&蝶々に、これほどまでに「奴隷」扱いされ、またそれを甘んじて（むしろ歓喜して）受け入れているのか。ノーマルな読者の皆様は、もしかしたら不思議にお思いかもしれない。

…何も不思議はないのである。人間関係というものは、すべからく〃相性〃と〃力関係〃である。ほら、漫才コンビで言うところの【ボケとツッコミ】じゃないけどさ、人と人が長いスパンで関わるかぎり、SMのパワーバランスは明確なほうが（入れ替わることがあっても）、お互い落ち着くものなのよ。で、もちろん人と人は対等な存在だから、必ずしも、ツッコミやSがエライわけじゃなくて、単なる〃役割分担〃なのよ。その濃さが、綺麗に合致するのが、女王&蝶とない蝶々。

シンタロウなのよー。

…と、変態と思われたくない一心で、【香港ＳＭ日記】を書く前に、前フリをせずにはいられ

さて。初日の昨日は、ひたすら〝食〟と〝飲み〟に走ってしまったので、一行は朝から【反省会】。ホテル１Ｆにある花咲く優雅な【THE CAFÉ】にて、ムクんだ顔をつきあわせ、アメリカン・ブレックファーストのライ麦パンをもそもそと食べながら「素人の観光旅行じゃないのよ？」「犬としての自覚はあるのか」等、バター犬に、バターならぬ罪をなすりつけておく。「…挽回します」。罪悪感で胸がいっぱいなのだろう。シンタロウは焼きたてのパンには手をつけなかった。

一方、女王と蝶々はやる気満々。「いいプレイは、まず体力づくりから」と、午後は本場の〝飲茶〟を楽しむため、セントラルの街に出る。しかし香港って、なぜ街全体が、あんなに美味しい匂いがするのだろう。空気にまで、ＸＯ醤やら八角やらの旨みが溶け込んでいるみたいなの。おかげで、キッチュで派手な街並みを練り歩いているだけで、すぐにお腹が空いてくる。

坂の途中で目についた、地元の飲茶楼に入る。年季の入ったアメ色と真鍮をあしらった建物の、重厚な扉の前には、なぜかターバンを巻いたジーンズ姿のインド人。どうやらドアマンらしく、３人をにこやかに迎え入れてくれる。広東語の飛び交う小汚い店内で、現地の家族やカップルに混ざって、漢字だらけのメニューを開きフカヒレ餃子や小ロン包やら適当に注文。

〝飲茶〟というだけあって、まずポット入りの薫り高いお茶が運ばれてくるのだが…のんべえの

日本人3人は、結局ビールを注文し〝飲酒〟になってしまった。まったりしつつも、活気あふれるアジアン時間に身をゆだね、2時間以上、あれこれ歓談しながら、仕上げに香港ビーフンまで平らげる。なのに、夜は夜で、ヌーベルチャイニーズ店【翠玉軒】にて、シャンパン&ワインも空けて、フルコース。しかし、しつこいようだが、こっちの上海蟹の美味しいことといったら…。小さな甲羅にギュッとつまった味噌も身も、とろけるような官能的な味である。

そして。いよいよ香港の夜も更けて、マンダリンはハーバービューの一室での〝本番〟がやってきた。これまで、シンタロウの裸体や悶絶模様はさんざん目にしてきたけれど、フィニッシュまでは、じつは見たことがなかったの。〝SMデビュー〟したとはいえ、シンタロウも初心者でそこだけは「女王様にしか…」って見せてくれなかったのね。でもようやく、この目でしかと見られたわ。

ベランダからヴィクトリアハーバーを越え、九龍に届け！　とばかりに発射するシンタロウの勇姿を（爆）。しかし、あの手のMは「言葉だけでOK」ってキョウコの発言はホントだったのね…。実際、その瞬間、女王様は一切手を下していない。浴びせていたのはカスワード&ボルドーワインだけ。そしてその瞬間を、女王様はデジカメ、蝶々はグラス片手に室内にてバッチリ見届けたわよ！

…シンタロウ、ごめんねやっぱり書いてしまって。でもほら、あんまりよかったからさ（だから何が？･）。

10/14 (mon)

人間ダルマの涙

もはや最終日。メランコリックな蝶々の気分を映したかのように、香港は曇天である。ようやく、シンタロウの打ち上げ花火（…すみません）を見られたばかりだというのに。まだ〝足ツボエステ〟にも〝風水命相占い〟にも行ってないのに。早すぎる!! そして、名残惜しすぎる…。

ほんと、みなさんもソウルならまだしも、香港に行くなら、3泊4日は滞在すべきだわ。ショッピングはウワサほど安いと思わなかったけど、男の子たちはみんなトニー・レオン系の人の良さげな愛らしい顔だし、何よりこんなに美味しい街だとは。…あー帰りたくない。ちょっとーシンタロウ！ 何とかしてよ！

…と、女王&蝶が、何度モーニングコールを鳴らしても、どっかんどっかん足ノックしても、隣の部屋からは応答なし。「文字通り〝昇天〟しちゃったのかな…」「ある意味、男の花道だよね」等、話しあいながら、シンタロウを置いて、中2階のビュッフェへ。ピアノの調べをBGMに、朝っぱらから飲茶を食べまくる。

しかし香港に1か月住んだら、蝶々なんてすぐ〝人間ダルマ〟になっちゃいそう。事実、きのうバスルームで計測しあってわかったのが、キョウコもあたしも、あっという間に2日で1キロ増量よ。が「蝶々は、それくらいでやめときなさい。しなやかなラインは保ってほしいの…」と二の腕をつままれて【クラブキョウコ】の在籍メンバーとしての自覚をとり戻したはずなのに、目の前で湯気たててる肉まんとか見ちゃうとね。ふたたび、お腹が張り裂けるほど食べてしまう。

「しかし蝶々も大変ねえ」食後のコーヒーをすすりながら、しみじみキョウコ。「たった2日こっちにきただけで、デブさん、数時間置きにメールよこしてるんでしょう？　電話もデブさんとゲンさんとかわるがわるに入って…」「そうなのよ。身サビとはいえ苦労が多いよ」とあたしもシリアスモード。「正直言って…帰りたくない」ため息つきながら、うっかり涙が出そうになる。

今回の旅でも、美味しいものを食べるたび美しい景色を見るたびに「デブに見せたい」という思いはときどき頭をかすめた。そして、相反するようだが、この旅を機会に、もう二度と会わずにすべてをすませられたら、それはそれできっとラクになるだろう…とも思った。あたしが他の誰かと心底楽しんでいることを、誰よりも伝えてあげたくて、でも、誰よりもそれに腹を立てているであろう、ダー。世界が二人きりなら、あたしたちはきっとうまくいったのに。

女王様の提案で、このモヤモヤは、とりあえずシンタロウにぶつけておくことにした。部屋に戻り、まずさらに執拗な電話とノックで叩き起こす。「お、おはようございます」寝ぼけ声のシンタロウに、「リムジンが迎えにくるまであと1時間30分。それまでに、〝磁化杯〟5個買ってくること。いいわね！」言うだけ言ってガチャリと切る。

〝磁化杯〟とは？　コテコテの文系＆夜の現場系の蝶々には、何度聞いてもいまいち原理がよくわからないのだが、どうも内蔵された強力な磁石が、注いだ水の分子を細かくし、からだにいい魔法の水をつくるポットみたいなの。なんと、毎朝かかさず飲めば、肌にも便秘にも肩こりにも効くらしい。どうも健康＆美容おたくの間では、注目のアイテムらしく、出発前、けろろんにもしっかり釘をさされている。これを買わずには帰れない。

女王と蝶がプールから上がっても、シンタロウがなかなか戻ってこないので、ずいぶんと気をもんだが、そこは、さすが忠犬バタ公。出発ギリギリ20分前、大きなビニール袋を提げて息をきらして帰還した。どうやら、地元デパートをかけずりまわって、無事ゲットしてきてくれたらしい。ありがとうシンタロウ！

それぞれの野望を達成した3人は、大満足でリムジンに乗り込み、マンダリンホテルと美味とSMの香港に再会を誓いつつ、別れを告げる。

ところで、帰りのJAL便の着陸前。懐かしいはずの東京の夜景を眺めていたら、あたし、なぜだか突然、涙をこぼしてしまったの。「！」。気づいたときには、自分でも止められないくらいの勢いで、ボロボロッとこぼれてた。「どうしたの？」目をむく女王様。シンタロウなど驚きのあまり、もう着くっちゅーのに、眠ったフリをはじめる始末。

「…帰るのがそんなにツライの？」とキョウコがいたましげにあたしの頭をなでてくれたけど、理由はよくわからなかった。

この旅が、楽しすぎたのかもしれないし、自分自身のココロの変化が、切なかったのかもしれない。

10/15 (tue) 日記も Vacation

3連休の【香港小悪魔日記】をＵＰして、今週どこかで、【銀悪】お休みに入る予定です。

ダーとのこと、住まいのこと。やはり好きでつきあってきたんだし、勝手に結論を出すのではなく、じっくり話し合って決めたいので。

男と女の
木枯らしの中、
決意する

11月

11/6 (wed)

女優の夜

荻野目慶子(37)の『女優の夜』(幻冬舎刊)。みなさんお読みになった？

…ようやく日記を書き始めたかと思ったら、その挨拶はなに？　後片付けは(笑)すんだわけ?!とかつっこまないでね。ご、ごめん、まだけっこう散らかってるし。で、でも、書きたくてずっとウズウズしてたのよーこのネタ(笑)。

そう、多くの女性と同じように、蝶々ももともと慶子さんに興味はなかった。愛人を部屋で自殺させてしまった同じ〝魔性の女〟でも、着物の胸元に男気隠してそーな藤あや子に比べて、なんとなく、安手のオーガンジーのごとくふにゃふにゃと、なのにベタつく、うざったい女優だね、くらいに思ってた。

その彼女が2年の月日をかけ書きあげた、恋愛人生暴露本？　『女優の夜』。「感想をぜひ聞きたい」と、チーママ他みなさんに薦められ、先月の香港旅行で読んでみて…その謎はかなり解けた(笑)。

さて。ご存知ない方のために軽く説明しておくと、『女優の夜』は、彼女の部屋にて自殺した故・河合監督と、その後9年間つきあった深作欣司監督（67だよ）との2つの不倫愛をベースに、男たちの生き様、下半身事情（笑）、そして、恋愛と切り離せない自らの生い立ちから価値観、コンプレックスまでが、そりゃもう真摯かつ文学的に綴られている力作である。

読み進めば進むほど、男を全身全霊で愛し、仕事や、生きる意味を真剣に模索する慶子さんが、手に取るように伝わってくる。けなげ。真面目。愚直なまでに愛に従順、そして、本人も気づかないDNAレベルで、じつは強欲。もちろん、蝶々だって共感するところは多々ある。…なんだけど、読んでいて、なんだか、どうにも、ツライわけ。

何がツライって、慶子はボケってもんを知らないの。瞳孔カーッと開きっぱなし、っていうか、いつでも100％マジなのよ。ともかく、周りがぜんぜん見えてらっしゃらないみたいなの。だって、「キミとは別の愛情だから」と、故・河合監督に奥さんと対面させられれば、真面目に傷つき混乱する。いっしょに死のうと雪山に誘われれば、「魅入られたように」（こらー）付いてゆき、ついでに山小屋で泣きながらエクササイズ。深作監督に押し倒されれば、「カ・ン・ト・クッ」って抵抗しつつも、いつのまにか奪われとる。しかも「今、音楽が、聴こえた…」って、最初は嫌がってたはずのおじーちゃんと、しまいにゃ桃源郷にまでたどりついてるし。

…あの――――。慶子？　慶子さん?!　読みながら、蝶々は、何度も呼びかけてしまったわ。しかも、おそろしくそこが女子ウケしない〝女優〟であり〝魔性〟のゆえんなのだろうが、本人は徹底して受動態。だから「カントク」を愛するんだろうけどね。そーゆー自己分析は一切なし。カメラ回ってなくても「…どうしてこうなってしまったのだろう」って、頭抱えて昼メロのヒロイン〝女優・杏子〟してるみたい。

でもね、そんなツッコミどころ満載の『女優の夜』のおかげで、蝶々ひとつ自説を再確認できたのね。つまり「愛さなければ、愛されない」。ルックスだけでもテクだけでも、男はキャッチできても狂わない（よほど恵まれない男子はいざしらず）。藤あや子はもちろん、大竹しのぶしかり、葉月里緒菜しかり。たとえそれが1か月でも、濃厚に愛し、相手のすべてを受け入れた瞬間がなければ、男もおかしくなるまでポテンシャルとか硬度（きゃ）が保てないんだと思うわー。

…ま、狂わせたって、後片づけが大変だから（笑）、蝶々は〝小悪魔〟くらいで楽しく男女交際したいんだけど。もし皆様のなかで、〝魔性の女〟にあこがれる方がいらっしゃったら。『女優の夜』、慶子の生きざま、オススメよ。

11/7 (thu) 蝶々の夜（笑）

そのうち、都内の書店に、あたしのキスマークが流通するかもしれない。…これは何の比喩でもない。【銀悪本現場カントク】のマサ女（27・式挙げたて！）の指示にしたがって、先日、銀座の某カフェにて、口紅塗ってはPOPに、ぶちゅぶちゅ判押したのよ～。

「蝶々さん、何恥じらってるんですか。もっと強く！」「あーそんな薄いグロスじゃダメです！

この赤つけて！」久々に会った新妻・マサ女の目は、いつになく怖い。慶子のマネして「カ・ン・ト・ク!?」と、軽くスネてみても、一切無視。結局、ウエイターの白い目に耐えながら、唇がかさかさになるまで、キスマークをつけた蝶々。先日は、脚とかうなじの写真もいっぱい撮ったし…。新人作家はツライね。っていうか、方向完全イロモノ・コース。

しかし、比べるのもおこがましいが、慶子の『女優の夜』と同様、『銀座小悪魔日記』だって【小悪魔の夜】について、真摯かつセキララに書いているのだ。なのになぜ、あたしは〝イロモノ作家〟を余儀なくされ、慶子は〝悲劇のヒロイン〟しているのだろうか。

まあ、文は体をあらわすというし、すべては、体質の違いなのだろうが…何となくフに落ちない。何か、重大な間違いを犯してしまったような気さえする。

やっぱり、相手が悪かったんだ…、と、いまだに無邪気に下半身丸出しで眠っている、傍らのダーを恨んだりもした。「今、鼾が、聴こえた…」って、感じで雰囲気出そうったって、イビキはイビキ。音楽のような格調高さは当然ない。かといって、シリアスを極められ、Kカントクのように部屋で自決されても大変なので、糾弾はあきらめる。そもそも、子供じゃないんだから、何でも人のせいにするのは良くないしね。

ことに、別れたあとで、自分が恋して寝た相手の悪口を言うのは最低の行為である。そりゃさあ…男女が別れるってことは、いっぱいいろんな嫌なこともあるに決まってる。でも、自分で選んだ〝夜〟の悪口言っちゃ、男も女も〝下がる〟だけだと思うんだけど。蝶々も〈私にからんできた男たち〉には冷たくしても、〈私を通りすぎた男たち〉には、いつも優しい気持ちでいたいわ。通行許可出したのは自分だし、ダーが和尚になっちゃったのも、もとを正せばあたしの小悪魔病のせいなのね、と。

そう、もし近い将来、ダーの元を離れる日がきても「ダーのおかげで楽しかった。イロモノデビューもできた。ありがとう！」って、蝶々は、感謝の心も持ち続けたいと思ってるの。

…あれ、まとめに入ってる？（笑）。そんなことないよ、〝蝶々の夜〟も、まだもうひと山ありそうなんだもん。慶子ほどドロドロしたくはないけどね。えいえいおう。

11/8 (fri) デコに印字するなら

ところで、今宵渋谷でいっしょに食事したデシタオのHさんこと、じゃりん子・チエ（24）が、面白いクイズを教えてくれた。

「キン肉マンの〝肉〟みたいに、眉間に自分を象徴する一文字を印字するとしたら、蝶々さんは何ですかー？」って。…うーん。けっこう悩んでしまった。

チエは自信満々で、「あたしは、〝野〟で、蝶々さんは〝美〟でしょう！」って断言してたけど、

「…びー?!」。…ない。そりゃまーったくピンとこない。(ごめんよチエ)。

で、ゲンに聞いたら「艶か憂」。

デブに聞いたら「己か快」。

完全に正反対の答えで、面白かった。ダーといる時のあたしは、きっと幸せなんだろうね。それでもこーなっちまうんだから、あたし自身は「業」かなあ…と思った。

このクイズ、みなさんも身近な人に聞いてみて。その人が、自分をどう見てるかとか、その人の感受性とかわかるから！
☆ちなみに、あたしがデブのデコに印字するなら「チ」。知と稚をかけて、焼きゴテじゅっと当てたいね(笑)。ゲンのは現在考え中。

11/9 (sat)

MY新芽

気がつけば、っていうか、土曜日の午後、洗濯物を干すたびに、ずっと気にはしてたんだけど。愛の巣のベランダは、今やすっかり荒野状態。

あんなに嬉々として愛で育てていたトマトもアロエも色とりどりのコンテナ・ガーデンも、シーズンに主人らモメてて（笑）、もはやすっかり枯山水。いい加減、片付けなきゃいけないのに、ついこの夏まであんなに青々と息づいていた緑たちを、こっちの不首尾で息絶えたからといって、ゴミ袋にどさどさ入れるのもしのびなく「ごめんよ…」と胸をいためつつ、見ないフリして放置してた。室内のすぐりやポトスやベンジャミンは、イヤでも目につくだけあって、時折水をやったり、思いついたようにぶすりと培養液は挿しておいた。でもやはり、主人にやる気がないだけあって、緑にかつての精彩はない。

「まるであたしたちの愛情関係みたいだね…」とダイニングでエスプレッソを飲みながら、鉢植えたちを切なく眺めていたら、むくんだデブが起きてきた。「おはよん」。「……」。二日酔い以外にも、なにやら憂鬱そうである。

そういえば、昨夜恵比寿で飲んでいたあたしは3時帰り。近所で飲んでたデブは3時10分帰り。

「めずらしいね？」と聞いたら「先に帰ってるのがイヤなだけだよ…だから帰宅時間だけは教えてほしいんだ」と一言。最近のダーは、キャラを無視してシリアスモード。そりゃわかるけど…休日のスタートから暗い話されたくなくって。サッとキッチンに立ち、肉厚利尻昆布を鍋に入れ、ダイコンをせっせとおろしはじめる蝶々。

20分後「はいよ」「わーい」。…ダーの好物〝おろし蕎麦〟作戦で、〝口封じ〟はからくも成功。元上司の会社設立パーティーに「いっしょに行くか？」というダーを「ゆっくりしておいでよ」と送りだし、ターバンでデコ全開にしてパソコンに向かう。休日の午後からかちゃかちゃかちゃ。

そう、最近蝶々が夢中なのは、ダーやゲンのちょっと気になる男より、仕事や自分のことかもしれない。本業のノルマもあるし、書きたい本もあるし、トライしてみたい仕事も、会ってみたい人もいっぱいでさ。昨日の【デコに印字】の話ではないが、ちょっと前まで眉間にラインストーンのように光らせていた〝男〟って文字は消え、近頃は毛筆で〝己〟。みたいな。

「おまえの目、最近ますますイッちゃってるよな。…どこか遠くに」鋭いゲンに、昨夜もすばやく指摘されたし。「しばらく、旅に出してくれる？」と、ワイン片手に冗談めかして言ったけど、ホント、この先、どこ行こう？

…ま、考え込んだり、1日中PCに向かっていても人生は動かないので「カラダでも動かしとくか」某ジムのプールへ。ひとり無心に1㎞泳ぐ。が、ふと気がつくと、見知らぬ巨大白デブ（推定24歳・182㎝90㎏見当）が、ぴったり真後ろをついてきてんの。「ちょっとー。デブなら何でもいいってわけじゃないんだかんね」と振り返りざまにキッとにらみ、ぷいっとコースを変える蝶々。が、中級コースに移ろうが、ジャグジーに行こうが、巨デブは無言でジョーズならぬトドみたく後ろをついてくる。「…なんなの？」とたずねてきっかけを与えるのもナンなので、コースの途中でサッサと上がる。

…じつは最近、ココロがダー離れするのと比例して、妙な男の気配を感じる機会が増えてきたあたし。会社やクラブを上がって数十分すると、非通知の電話がかかってきて、「もごもごもご。おつかれさまです」とか気色悪いメッセージ入ってるし。聞き覚えのない声だ。「はー、自由になるってリスクもあるよね」と、生乾きの髪のままブルーな気分でジムを出ると、また即ケータイが！

もしや、監視されてます…？　と驚き見れば、着信名はパーティー帰りのうちのデブ（推定40歳・173㎝85㎏見当）。ホッとしつつ近所の駅で待ち合わせ、居酒屋で1杯飲んで帰る。ジュージューと音を立てる石焼きうな丼をほおばりながら「ほら、僕は筋肉質だろう?!　デブじゃないんだよ」と体脂肪率シートを得意げに見せるダー。「…ふうん」。今夜、どうしても読みたい本があったので、主張もお酒も控えめな蝶々。

枯山水はそのままなのに、あたしの中に〝新芽〟がめばえてきたかんじ。

11/11 (mon) さっちんの押し売りタロット

決してキライじゃないけれど、疲れている時には、余計疲れるから会いたくない…。そんなお友達、あなたにもいませんか？

…この蝶々にも一人いる。その名はもちろん、〝恋愛M女〟、さっちん（元同僚・27）。会社在籍中は、そのキテレツ&M女ぶりを驚きつつも楽しく受け入れ、公私【銀悪】含め、愛をもっていじってきたつもりが、いったん離れて抗体が弱まったせいか、それとも長引く痴情のもつれであたしが疲れているせいか、ここんとこ、〝さっちん毒〟がミョーにコタえるようになってきたのね。ばーさん鼻血止まらなくなっちゃうから、「たまに遊ぼうね」と思ってた。

ところが、6時すぎ。週明けいちばんの残業が決定し、蝶々がブルー入りするのを見はからったように、その電話はまずケータイにかかってきたのだ。「今度は…何ッ?!」着信名を見て、思わずびくっとするあたし。最近やけに多い非通知電話やタニマチ系の電話より、ある意味心臓に悪い。（ごめんよ忙しくッて）と、原稿を打ち込む手は止めず、揺れるケータイ横目で見ながら、とりあえず電話は流す。と、お次はピピッとメールがきた。

「今近くにいるけど。お食事いかが♪」。……そばにいるんだ。何だか急に偏頭痛がしてきたので、申し訳ないがこれも無視。

と、数分後、内線が鳴った。「はい、蝶々です」「さっちんさんから、お電話です」。

…こら――――――。会社に電話してくるなよ!!! というわけで、「30分でいいから、あげたいものがあるから、おねがい！」と再びさっちんにかきくどかれた蝶々。仕事にいったんキリをつけ、夜の秋風にふかれつつ、ドナドナ気分で近所のカフェに出向いた。

「状況変わってませんか？　また占ってあげたくて」挨拶も注文もそこそこに、フェルトバッグから、もはやお馴染みのボロボロカードを取り出すさっちん。「ちゃんと会社行ってんの？」。っていうかさーこの【銀悪2】お休みしている間にも、さっちんてば来社して、休日なのをいいことに会議室に上がり込んで、タロットしてくれたばかり。「じゃ頼むよ…」理由のわからぬやる気にすでに当てられ、なすがままの蝶。しかし、〈さっちん's タロット占い〉は、手と手をじ〜っと重ね合わせる時間が妙に長いのである。両隣のカップルの視線がツラかった。

しかし、驚くことに、毎回けっこう当たってんのよねこれが。前回は〈恋愛〉のことをみてもらったので〈ヒミツが白日の下にさらされたあとも、彼はあなたに執着している…とか、あなたは二人の男を天秤にかけている…とか、妙にばっちり♪〉、今回は〈仕事のこと〉を占ってもらったのだが。

「蝶々さん…今の仕事、気持ちが入ってませんねえ？　何か新しいこと始めていますかー？　近い未来（3か月後）は完全に独立して、遠い未来（6か月後）には、いい出資者か協力者に巡り合う、って出てますよお…？」とカードを繰りながら、さっちんが首傾げだしたのには、ビビッた。

とまあ、占い結果自体は全般的に良好で、結局小一時間ほど茶をして別れたのだが、いまだに、さっちんが何のためにはるばる銀座にやってきては、あたしを占ってくれるのかがどうしてもわからない。肉体関係があるわけでもあるまいし。恐る恐る尋ねても、「気になるんですぅ」答えはそれだけ。

デスクに戻り、おやつがわりにさっちん土産の、神戸屋キッチン〝バナナパン〟を、もそもそと食べながらも、(何で…何のために)という疑問が、頭をぐるぐる回っていた。月曜からグッタリ。

11/12 (tue) 家と子供

「蝶々ー」。

このごろバスルームから、ダーによく呼ばれる。「蝶々ー」。なにさ? と着衣のままのぞきにいくと、透明な湯をはったバスタブから、斜め上にあたしを見上げ、「いっしょに入ろうよ」と静かに言う。なんだか胸がキュンとして、仕事の途中でも、あたしはだいたい服を脱ぎ、ちゃぽんと湯船に入り、デブの柔らかな肉に背中をあずけ、温かさと切なさを感じている。ベッドでも同じだ。

「お家を探してる。見つかりしだい出ていくね」という意志は、すでにダーに伝えてある。

どう虚勢を張っても次に誰がスタンバってても、ずっと自分の分身みたいな相手だったのだ。

お互い悲しいに決まっている。蝶々も、キライで出ていくわけじゃない。だから、ホントはナイショで決めて、さくっと前日に「じゃあね」と告げたかったけど。…同居してるとそうスマートにはいかないワケ。休日は時間みつけては物件めぐりに出かけなきゃいけないし、不動産屋さんのFAXもじゃんじゃんくる。それらの痕跡を目にするようになった当初は「出ていかなくてもいいじゃないか」と泡くってたダーも、相手が〝はまぐりの蝶々〟になってはどうしようもないだろう。

とまあ、気持ちはすっかりお別れモードに入っているのだが、困ったことにカンジンの家がまだ決まってないの!!　激務のあいまをぬって、Near銀座かお友達の多い港区・渋谷方面の2WAYサーチで探してるんだけどさー。

なんか、やたらデザイナーズマンションをすすめられるのだが、コンクリート打ちっぱなしとかダメなの蝶々。寒々しいし息苦しくって。

「だから、うちの部屋に入ればいいじゃないか」今夜も、残業後合流した接待クラブでゲンは言っていた。ゲンの持っている六本木の空き部屋に「とりあえず入れ」というのである。「あたし入る～」ヘルプの子たちは口々に騒いでたけど蝶々にはその気はないの。もう男がらみじゃなくて、まずはただ一人になって、ピュアな自由やリアルな孤独や気楽な銀座を、満喫したいのよ。

とはいえ、(…でも、二人暮らしも楽しかったなー。誰とも暮らせない!　って思ってたけど。ダーとだからだろうなあ)などと、思うのも本当だ。

2時すぎ、部の飲み会でお酒がしこたま入っていたせいか、お風呂を上がったあとバタンぐおーで寝てしまったダーの顔を観ながら、寝室の暗闇の中そんなことを考える。ふと慣れ親しんだひげ面に手を伸ばしてみたら、いびきとからだがピタッと止まる。「ううん…蝶々ー、顔を押してくれ…」。むにゃむにゃ。ここんとこ、ダーはあたしの〝顔ツボマッサージ〟がお気に入りなの。いつものように、ダンゴ鼻や瞼の周り、そして頭皮までぐいぐい押していたら、ダーもすっかり目が冴えたみたい。

突然「こんなに優しくしてくれる人、他にいるかなあ…」と虚をつかれるようなことを言う。「…いないね」と悪態をつきながら、あたしにももう、こんな風に、自分の子供みたいに、好きになる人はいないだろうと思った。うざったくても汚らしくても、ダーは可愛い。家探しは続けるけれど、これだけは間違いない。

11/15 (fri) 愛の重さ？

「重さがまるっきりちがうんだよ…」と、ダーはこのごろよく口にする。言うまでもなく、じっとり重〜い口調である。

シメっぽいのが嫌いなあたしは「え。体重が？」と、一応毎回ボケるのだが「…〝愛情〟が、だよ」ダーはくそ真面目に訂正する。グラムで測ったことないからわかんないけど、っていうか、ダーの口ぶりから察するに、どうやら重いほうがエライみたいだ。「…あたしってやっぱ軽い？」とおどけても叱られそーだし、そこでお口にチャックはするが。

うまく説明できないが、何だかサミシイ話だとは思う。男と女のちがいだろうか。それとも性質や立場のちがいだろうか。Xデーが目前に迫っているからこそ「残りの日々、なるべくいっしょに楽しく過ごそう♪」と、子宮の奥から思うあたし。本業&【銀悪】WORK&新しいシゴト&住まい準備の4本立ての激務をぬっては、ダーとの時間をひねり出してるんだけど、デブはそーでもないみたい。

今夜も、週末の残業をむりやり切り上げ、銀座deお鮨デートをしたんだけどさ。…うまくないんだこれが。早々から会社仲間としこたま飲んでいたらしきダーは、待ち合わせの【旭屋書店】にふらふらやってきた時点から、すでに目がロンパリ状態。「げー、視点が定まってない。きしょい」と言うと「そんなことわー、うおー、ない」と、ロレツもぜんぜん回っていない。のわりに、金夜のせいかほぼ満席状態のなじみのカウンター座って、腹ペコの蝶々が「まずは、イカ、カンパチ、甘えびでー」と握りをバシバシ注文するのを、いきなり冷静な口調でさえぎる。

「キミ、○日の夜何をしていた？」。…はあ？　今後についての話し合いや方向性の合意をとるため、このサイトをおやすみしていたころの話である。そんな昔のこと覚えてないよ、と、熱燗をぐいっとあけると「僕が出張していた日だよ」と言う。はあはあ、あの日ね。〝トモダチ〟とリバーサイドで飲んだけど。だいたい、ダーも北陸からわざわざチェックコールしてきて、〝トモダチ〟にもかかわって「蝶々をよろしくお願いしますねー」って明るく会話してたじゃん？「…そのあとだよ」。麻布に移動して飲んだけど？「誰とだ？」。…マジですか？？　ハニーはもうあと1か月もいっしょにいないというのに、二人にとって、こんなに大事な時間なのに、ダーはまだ、こんなことを気にしてるのね…。面倒なので「あのあとは帰ったよ」とテキトーなことを言うと「どうして嘘をつくんだっ」ってアナゴ片手に血相を変える。…まだガサ入れもしているみたい。

おかげでせっかくのお鮨までもすっかりまずくなっちゃって、「大将、お椀くださーい」と強引にしめ、1時間もいないで切り上げる。近所のマサシ's BARで飲みなおす気分にも当然ならず、【GINZA9】の前でタクシーを拾う。タクシーの中でもずっといろんなことを詰問される。

「…カツ丼おねがいします」ってボケても無視。同じハナシを繰り返し、繰り返し。

4か月、説明しても説明しても、わかってもらえなかったこと。「愛があってもそこはダメかあ」と、さすがのあたしもあきらめていたこと。でもダーは、今でも酔えばそれを言う。こわれたCDみたいに、ノイズの混ざった音楽をエンドレスでかけている。それが、ダーのいう愛情の「g（重さ）」の違いなのだろうか。

確かにずっしり重く、憂鬱だった。あたしはただ、楽しくデートしたかっただけなのに。

11/16 (sat)
深夜の散歩

先日撮ってもらった〝蝶々イメージ写真〟のセレクト作業後、夕暮れの六本木へ。週末のマサ女の結婚パーティーの打ちあわせでマサ女と会食後、六本木の交差点そばにあるヴェトナム・コーヒー店で、ダーと待ちあわせる。

きのうの夜があまりにもひどかったので「夜は別で食べようか？」とケータイで聞いてみたが、「いやいっしょに食べよう」と言う。今日の声は穏やかだった。ダーの好きなベトナム料理店で、ワインで乾杯する。何に乾杯してんだか、お互いわかってないけれど、とりあえずはグラスを重ねる。

「そう、コレコレ」と、もらってきたばかりの写真を見せてあげたら、ひとしきりじっくり眺め、「蝶々はいいなあ。キレイで、手足も長くって、こんなふうに撮ってもらえて…」とため息をつく。「いや、ダーも可愛くて、手足がぶっとくて…」励まそうとしてハタと気づいた。「いやあんたのメディア用写真、確かにひどいね。友達もホンモノのほうが絶対いい！　って言ってるよ。撮り直してもらいなよ」とアドバイス。「そ、そうか」。そんなことで今日は暗いハナシはなし。

生春巻きやらカレーやらさんざん食べた後、「つぎは北京ダッグだー！」と、近くの中華料理店へ。パリパリとした北京ダッグをつまみながら、かめ出し紹興酒をボトル１本空け、久々に盛り上がる。仲良く人間ダルマになったあとは、雑踏を抜け、芋洗坂をつるつるとすべるように降りる。

「蝶々、ヨレヨレしているぞ」とダーが手を差し伸べる。ぎゅっとつかまってみると、こうなった今でも、ダーの手はやっぱり、温かい。異常な末端冷え症のあたしは、昼も夜も夏も冬も、いつでも手足が氷みたいに冷たくて、ダーの肉カイロが本当に好きだった。ゲンでも他の男たちでもなく、いつもそばにあるそれが、からだにいちばん馴染んでいた。

しばらく麻布方面に向かって歩くと、六本木とは思えないほど、静かで洗練された閑静なゾーンが広がる。

夜空を見上げながら、思わず「このへんに住むのもいいなあ」と言うと「じゃ僕もそうするよ」とダー。酔いがやや醒める。「…いまの家どうすんの？」と尋ねると「貸すんだよ。あれなら十万円で貸せるよ。蝶々はバカだなあ」と言う。ははーそっかー、なるほどね！　とおかしくもないのに、酔いのせいかゲラゲラと笑ってしまう。「で、俺はヒモになるんだー。外では先生で、うちではヒモなんだー！　それって格好いいだろうー」とダーもかぶせるように言う。

笑い終わったら、やっぱり涙が出てきてしまう。

そのまま手をつないで、麻布十番まで二人で歩いた。商店街を抜け、ダーの手に包まれながら、ずっとずっと歩いた。

11/19 (tue) 塩辛い鴨鍋

週明けからは、ふたたび「戦闘モード」入り。シゴトも原稿も打ち合わせも、嬉しい知らせもめんどくさいハナシも、怒涛のように押し寄せてきて、じぶんをかまう時間もない。

帰社後も、PCをがちゃがちゃ打ちながら、ふっと指先に色がないことに気づく。しかもよく見りゃやや二枚爪になっていて、突然深くブルーになる。「ネイルケアする余裕もないのかーあたし」。慌てて、引出しから【Solar Oil】を取り出し爪にすりこんでおく。ついでに、心身にもOilが必要かもしれぬ、と、無理矢理シゴトのめどをつけ、夜は銀座でゲンに会う。

「元気が出る、あったかいものがいい」とリクエストしておいたので、〝鴨鍋〟を用意しておいてくれる。向かい合って、ゲンの顔を見てほっとする。ゲンの顔はいつも強く健やかで、ただ目の前にいるだけで、すべてを認めて受け入れているような、そんな気がするのである。不思議。

「そうそう、前に〝艶〟って言ったけど」鍋をよそってくれながら、突然ゲンが言いだした。

「あー、デコに印字のハナシ?」まずはお刺身で、白ワインぐいぐい飲んでるあたし。

「うん。あのあと考えたけど、あれちがったな。蝶々は〝ち〟」。…って、痴女の〝ち〟じゃないでしょうね?! ぐっとこらえて書かなかったのに、醸し出すものは【S・Dサイト変態4人娘(失礼)】とやっぱり同種?! 「いや下に日を書くほうの〝智〟」。「……」。現在〝バカ女街道〟まっしぐらのあたしに。ゲンたら、いったい何言うの?

「きっとおまえはそのやさしい賢さで、たくさんの人を救えるようになるよ」。……なんで? 驚きと同時にぐっと胸がつまる。手渡してくれた鴨鍋の湯気が目にしみる。……ちがうよ、あたし、救うどころか。

「…誰のこともキライじゃなくて。ぜんぶ一生懸命やってきたつもりだったけど…」質疑応答になっていないことを知りつつも、きっと誰かに聞いてほしかったセリフなんだろう。心の奥から、コトバが自然にあふれてきた。なのに、言いかけて、すぐつまってしまう。…本気だったけど。一生懸命だったけど。あたしは人を救う〝寂蝶〟どころか、やっぱり生身のわがままな女で。

それでも、何より大切なものだったから、とどまって修理を続けたかったけど、治しても治してもダメで。疲れたーって、ため息が増えていくうちに、トライしてみたいことが、力を注ぎたいことが、後から後からあらわれて、もう今いる場所に注ぐ気持ちと体力が、底を尽きてしまったのよ。それはダーにも、嫌というほど伝わっているのよ。だから最近、あんな風だよ。でも、あたしはあたしを譲れないことあるし、他人に迷惑かけるのヤだし、どうにもこうにも噛みあわないよ。

考えていたら、情けなくて切なくて、大粒の涙がぶわっと出てきてしまう。「ふけ」そっとハンカチが差し出される。「で、食え」温かい小皿を手渡してくれる。「鴨は体があったまるぞ」。しゃくりあげながら、一生懸命食べるあたし。甘辛いスープにスパイスならぬ、涙と鼻水をボトボト落とす。我ながらダサすぎる図。でも、そんなことどうでもよかった。伝わっているのか、ゲンも黙って、思いきり泣かせてくれた。

塩辛めの鴨鍋を食べながら、ふと、ゲンのデコには「海」だなと思った。

11/21 (thu) 『蝶々ファミリー』&でぶ

最近、〝かあさん〟ができた。

これまでも、金髪美人ナオヤン（主婦）、ユキ姉（映画監督）、ナオカ姉さん（銀ホス）など、〝ねえさん's〟にはけっこう恵まれてきたが… 〝かあさん〟までできるとは。【橋田寿賀子ファミリー】ならぬ【蝶々ファミリー】の誕生も近いねこりゃ。渡る世間は、いい人ばっかし。…まあ、今日のところはデブも入れといてあげるから、ちょっと静かに黙っとけデブ。

というわけで、今夜は、銀座8丁目のMYホームバー（タダ飲みOK）【L】にて、そのかあさん（35・湯たんぽ系）と待ち合わせ。出がけに急ぎの仕事を頼まれ、30分も遅刻した蝶々。薄暗い店内の奥のソファ席で、小さく手をふるトランジスタグラマーの〝かあさん〟を発見し、「かあさん、ごめん～」甘ったれて抱きつく。ぬくぬく。ふくふく。〝かあさん〟と言うだけあって、見た目も中身もあったかキャラなんだわこれが。

「だ、大丈夫?」ややギョッとしているらしきかあさん。2週間ほど前に会ったときより、あたしはますます疲れた顔をしているらしい。「…だってさー」とりあえずミモザとビールで乾杯し、あとは88年もののフランスワイン片手に、今やこの【銀悪】にも詳しくは書けないここ数日の体たらく(笑)について、さんざんいろいろ聞いてもらう。

「惜しい、惜しいねデブさん…。本当にいいキャラなのに」1度電話で話しただけで、「可愛いー可愛いーー、ほんと可愛いー!!」とすっかりデブファンの〝かあさん〟。「いやあデブさんの気持ちもわかるよ…不器用なんだね…」と思いやりを見せる〝かあさん〟。「…でも、蝶ちゃんは、もう出てったほうがいいね」アドバイスは限りなく現実的な〝かあさん〟(笑)。

その後、互いのシゴトや恋愛の話も含め、しばし二人で歓談していると、今度は〝にいさん〟(41・編集者)からケータイが。シンタロウ(バター犬・編集長)の友人である〝にいさん〟は、じつは【銀悪取材】が縁で知り合った方なのだが、これがまた〝暖炉〟のいい人でさ～。今やすっかりまぶだち状態。「じゃ、【I】にきてちょ。」と、2軒目のワインBarで合流することに。

さて。優雅でシックな〝いかにも銀座〟なワインBar【I】で、〝にいさん〟を待ちつつ、

〝かあさん〟とワインを選んでいると、またケータイが。…今宵、北国に出張中のデブである。「蝶々、「なに?」ったく、せっかくいい気分だったのにーと、ふてくされつつも出るあたし。「蝶々、今だれといるんだぁー、うぉー?」酔っている。「かあさんと」面倒なので、かあさんにケータイを渡す。しばし世間話してもらったあと、電話はあたしに戻ってきた。「蝶々なー。こっちは雪がチラついてるよぉー」「そのまま凍って、雪だるまになれば?」冷たいあたし。が、何か伝えたいことがあるらしい。かまわず一生懸命ハナシ続けるダー。

「僕、僕ね…考えたんだよ。雪の降る、寒いこっちで、きょうずっと。考えたんだー」「なにを?」「3年前さー、二人で北海道行ったこと、覚えているかい?」「うん」。チラリと見れば、隣のかあさんも心配げな顔である。「あの旅行、本当に楽しかったね」そうね。真っ白な札幌中を、二人で耳がちぎれそうになるまで歩きまわっては、いろんな店へ駆け込んで、温かいものを食べては、身を寄せ合って笑っていたっけ。パパも生きていて、ゲンにも知り合っていなくて、銀ホスデビューもしていない。あたしたちが、シンプルにしあわせだった頃だ。

「僕たち、あの頃に戻れないかなあ…?」……驚くあたし。「僕、戻れるんじゃないかって、思ったんだよぉ。だってあんなに楽しかったじゃないかー? 君は今、忙しすぎるんだ。二人の時間がぜんぜんなくなっちゃったじゃないかー。会社もやめて、いらないものはぜんぶ捨てて、これからはうちで好きなことやればいいじゃないか。ゆっくり小説を書くのはどうだい? 僕がちゃんと面倒見るから。ね、な? どう思う?」。大好きだったダーの声。そんな風に時間が戻せたら、どんなに素敵だろうね。ダーの声を聞きながら、気がついたら泣いていた。いろんな思いが胸にあふれてたが、「うん、うん」としか言えなかった。

電話を切り、泣き止むまでただ見守っていてくれた〝かあさん〟と、駆けつけてくれた〝にいさん〟に、そのあとはワインと優しい会話で、慰めてもらう。

でもダーは、〝蝶々ファミリー〟じゃなくて〝デブファミリー〟をつくりたいんだわ、きっと。

11/24 (sun) 3つのねがいごと

先日の日刊ゲンダイの取材で、ライターの女性Kさんが、「蝶々さんに、これはぜひ聞きたかったたんですけど」と前フリして「神様が3つのねがいごとをかなえてくれる、と言ったら、何をお願いしますか」と尋ねた。おもしろかったので、夕食のときダーにも聞いてみると。「そりゃ決まってるよ」と即答。いわく。

（1）子供の頃にかえしてください。

（2）高校時代にかえしてください。

（3）3年前にかえしてください。

…ですってよ。何かやけに後ろ向き？　「で、蝶々はなんて答えたの？」と聞いてきたので、
（1）自分と周りの人々が、いつも幸福で笑っていられますように。
（2）二度とゴキブリを見ないですみますように。
（3）パパを生き返らせて、ナオミ（母・メルヘン系）にかえしてくれますように。
とインタビューのまんま答えたら「…僕のことは、ないんだね…」とがっくり肩を落としている。

……いや、だから1番にあんたも含まれ…と思ったけれど、もう口論になるのが嫌で、次の話題にささっと移った。

ダーが、以前のチャーミングでおおらかな愛されダルマに戻るには、まずはあたしが離れなくては、とようやくわかった。神様への3つのねがいごとじゃないけど、ダーにも、ずっと笑顔で、しあわせでいてほしい。そしてあたしも元気でいたい。

神様が、ほんとにねがいごとをきいてくれたらいいのにね。

というわけで、来週、いよいよお引越しです。

われながらに、女というものは恐ろしいものだと思う。びこうず。

11/27 (wed) 悲しいほどツルツル

仕事に、【銀悪】活動に、新しい悪だくみにと、パックやエクササイズをかます余裕がないほど働いている今日このごろ。なのに、新居が決まったとたん、フキデモノもデコルテの湿疹も、キレイさっぱり消えちゃったの——!!! ココロはこんなに切ないのに?! カラダはなに? もしかしてラクになってる??

…最愛のダーに対して、これ以上の〝不貞〟があるだろうか。浮気より、ぜんぜん後ろめたい気がして、蝶々最近、家ではうつむき加減なの。

だって「ほんとは、ずっといっしょにいたかった…」とか泣いたって、顔ツルツルじゃ嘘くさいじゃん? でも、女性のみなさんならわかってくれると思うけど。この涙はホンモノなの。うーん、そうね。〝ショック療法〟の要領じゃないかしら。あんまり悲しすぎて、悲しすぎるもんだから、フキデモノもびっくりして引っ込んじゃった、と。そういうことにしておこう♪

と、明るくアタマを切り替えて、たまりすぎる仕事に没頭しようと思ったのだが…。眠い。じつは昨夜も、プレゼン前で完徹だったの。で、朝は朝で横浜くんだりで打ちあわせでしょ。脳みそスポンジ状態みたいで、原稿もアイデアもちーともまとめられない。しかも、フキデモノは消えても、クマくっきりじゃ商売？　にならぬ。某人に頼んで、某所でお昼寝することに。1時から4時まで爆睡。事前に打ってもらったビタミン注射（？）がきいたのか、目が覚めると、長い夢から醒めたみたいに視界も晴れ晴れ、アタマもクリアに。帰社後は、キーボード叩きまくって仕事する。

…時間がない。今夜8時30分からは、裏原宿で第1回〈蝶々総研ミーティング〉なのよ〜！って、〝蝶々〟を肴にした、ただのワイン会ってウワサもあるが。

でもまあ、男も女もじゃりん子も（笑）、みなゲラゲラ（主旨ちがう）盛り上がってたからいんだけど（笑）。そんな楽しい宴も、12時すぎには終了する。ダーからは、すでにメールが入っていた。「何時に帰る？　門限は守ってほしい」もう、腹は立たない。「もう終わったから、すぐだよん」可愛くレス。ゲンキンなもので、家を出ることを決めた今となっては、そんなふうに気にしてくれることを、いまだにこだわってくれることを、「ありがたいね」と感じるようになっているのだ。それも、悲しいことかもしれない。

「ただいまー」帰宅すると、ダーもさっき帰ったばかりらしく、スーツ姿でTVの前にいた。「おかえり」怒っているとも悲しんでいるともとれる、静かな口調である。「どこに行ってたんだ？」「原宿だよ。シゴト飲み。デブりんは？」「新宿さ…。ところでキミ、タフジで〝手切れ金

1千万円とか、ないみたい♪〞とか書いてたらしいね」。…やれやれ、それをマジにとって「彼女、そんなこと書いてますよ！」って忠告している、シャレのわからないおっさんと飲んでいたらしい。Kさんねえ…コマメに読んでくださるのはウレシイけどさ。読み方感じ方は自由だけどさ。しょぼい解釈で導き出した仮定で、この期に及んでデブを揺らすのはやめてくれない？ 揺れるダーもダーで、勝手なあたしもあたしだけど。…その方はずっと以前から「…デブさん、蝶々さんにきっと捨てられますよ」とか「彼女、芸能人（爆）とつきあうんじゃないですか」とか、逆にダーの価値を見くびった、失礼なことばかり言っている。…でももう、あたしには「てめえにわかるかよ！」と逆ギレしたり、ダーの良さを熱弁する資格もないやね…と思ったら、切なくて、シゴトも進まず、結局4時までかかってしまった。

ヨレヨレしながら、明け方、寝室に行くと「…おつかれさま」と声がする。ダーも、ずっと起きていたみたい。布団に入って、昔みたいに「だっこしてー」と言ってみた。肉塊にギュゥッと抱きしめられる。気持ちいいので黙ってじいっとしていたら「…蝶々さあ」アタマの上でダー。「出ていっても、僕はずっとココにいるからね…。いつでも戻っておいで」「…」「このうちは、二人で暮らすために買ったんだからね。それはずっと変わらないからね」。

…Kのおっさんよー。あたしたちには、あたしたちだけの、時間やコトバや気持ちがあんのよ。あたしの愛情は、〝小学生のいじめっこ愛〞なのよ。可愛いダーを、あんたにはおとしめてほしくない！ 腕の中でわんわん泣いた。…そのくせ肌はツルツル。われながら、女とは、怖くて勝手な生き物である。

11/28 (thu)
さんまとしのぶと男と女

午前中、赤坂の某不動産にて、新居マンションの契約書に判を押そうとした瞬間。ふと明石家さんまのセリフを思い出した。「リコンは、彼女（大竹しのぶネ）とさんざん話しあって、納得しあって決めたこと。でも、いよいよ離婚届に判を押すとき、…なかなか押せないんですわ。押そうと思うと、いろんな思い出がよみがえってきて…1、2時間かな。なかなか、押せへんかった」。数年前、深夜のトーク番組で、めずらしく彼がしんみり語っていたセリフである。

当時も入籍経験などなかった蝶々だが、その心得はミョーに理解でき、ぐっときた。そして「男って、やっぱり、ロマンチストなんだわ…」と、また男好きになったんだけどさ（笑）。が、その番組には続きがあり、なんと他でもない〝大竹しのぶ〟ご本人が乱入してきたのである！

しかも、目を丸くする元亭主に流し目をくれつつ、即席のスポットライトのもとで、【サン・トワ・マミー】をうっとりと熱唱。〈♪二人の恋は～終わったのね～許してさえ～くれないあなた～〉って。しのぶサンあんた…。ほんと、この方もとぼけた顔して業の深い、残酷にすぎる女だと思うのだが（だから好き）、可哀相なのは、得意のアドリブもきかず、口をぽかんとあけているさんまである。「…やっぱり、しのぶは、役者が2枚も3枚も上なんだよ…」。蝶々などさんまに同情するあまり、ブラウン管越しに、さんまの頭をなでてしまったほどである。

今振り返っても、あれはトークでもバラエティでもなく、「別れに際する、男と女のある一面を浮き彫りにした」恐ろしいドキュメント番組だったと思う。

とか、ヒトゴトみたいに語っている蝶々だが、帰社するための電車の中で、「…あれ？　もしや…？【銀悪】も、しのぶの【サン・トワ・マミー】みたいなもん？」とハッとする。えへへ(？)。「…だいたいキミは、都合の悪い話になると、忘れた、とか、わかんない、とか馬鹿のフリをするんだ！」と、ダーにも最近指摘されたばかりだし、まあ、このままラスト(気持ちのね)まで歌いきるつもり。

そんなこんなで？　ぶじ捺印も終了し、新居のカギもしっかりGET。引越し屋さんや各種公共機関の手配もすませた。あとは荷造りしながら、ダーとの残りの時間を大切に過ごすだけである。相反する行為だけど、やっぱりダーとは、楽しく時間を過ごしたかった。が、今夜は蝶々は残業で、デブは接待飲み。「じゃ、家で」と約束し、蝶々は11時すぎに先に帰宅。宵っ張りのあたしも、今夜はお風呂に入ったら即、だるい眠気に襲われる。さんまじゃないけど、やっぱり契約捺印で気持ちのカロリー使ったのかしら。手足までだるく、ゲンの心配メールもレスせず寝る。

…と、バタバタばったん！　ドガッ。という、玄関の騒音で目が覚める。「うらッ！」泥酔したダーが帰ってきた模様。「とウッ」ドッタン。「うわっ」バッタン。と、動いては廊下の壁にぶつかったりしているらしく、なかなか部屋にたどりつけないみたい。「おいおい」と心配になったけど、疲れすぎているせいか、体が起こせず、夢の中から出られない。気がつくと、酒臭い全裸のデブがハアハア、と荒い息をさせつつ隣にいて、あたしの顔や頭部をまさぐっている。「蝶々、蝶々うう」しかも、耳元でみょーに小声でささやいている。うーと言いながら返事もできず、なされるがまま眠り続けていると「蝶々、蝶々う？　僕は一生愛してるからね。いちばんだからね」と言っている。そして「キミのいちばん好きな男は誰？」とあたしに問いかけている。寝ぼけつつも、なんだかやけに悲しくなって、力をふりしぼって答える蝶々「ダーだよ」。「嘘だ」なぜか否定するダー。「もう一度聞くよ？　君のいちばん好きな男は誰？」「…だから。ダーが、いちばん、好きだったよ」。「嘘だいッ!!!」突然、耳元で大音量で叫ばれる。ギャッ！さすがに目を覚ますあたし。見れば、ダーは全裸で足をじたばたさせている。「嘘だ、嘘だ、嘘だ！」「僕は、一生信用しない！」。そのあとは、もうめちゃくちゃ。ただ、こんな悲しいコトバも、脈絡のない主張も、あたしが言わせているんだな、と思って、泣きながらも、一言一句受け止めるつもりで聞いていた。

顔を真っ赤にしたダーが叫んでた「愛してる」も「信用しない」も、「大好きだ」も「許せな

い」も、「去るな」も「さよなら」も、あたしには同じことを言っているように聴こえた。それがダーの〝判〟なのかもしれない。

11/30 (sat) 二人のアルバム

じつは、引越し用ダンボールは、すべてダーが調達してきてくれた。「なんで僕が…?」「やめたらいいじゃないか? 金払って判押したって、やめられるんだよ?」等、ぶつくさ言いつつも、「困ったよ、あー、困ったよ…」と、頭を抱えるフリをする蝶々に、条件反射で、つい動いてしまったらしい。のみならず、新居でのADSL接続も、虫とかストーカー退治も、〝即日出張サービス〟で、ぜんぶ請け負ってくれるという。…頼めるかよ! とつっこみつつ、なんだかんだ言っても、やっぱりダーは、やさしい、いい人なのだとジンとする。

そんなダーの前で、せっせとダンボールに衣類を詰めたりするのは、いくら決めたこととはいえ、やっぱりツライ。「…1日で準備するからさあ?」と頼んだら、「…僕も、見たくないし、手伝えないと思っていたよ」と、午後、実家に帰ってくれた。…バタン。

さー、やるかー! と腕まくりして、フリースとデニムに着替え、荷造りスタート。いちばん量がありそうな洋服と本からとりかかる。テキパキテキパキ。数時間で、10個近くのダンボールができた。このぶんなら夕方にはメドついて、マサ女に頼まれてた原稿2000字もすぐね♪と思いきや、お約束の〝アルバム〟コーナーで、あっさりつまづいてしまう蝶々。

4年にも満たないつきあいだけど、ほとんど毎日いっしょにいたのだ。しかもあたしは激写好き（笑）。思い出と写真が多すぎる。アルバムは20冊近くある。お風呂の写真、食事の写真、ドライブの写真、女装の写真、SM写真（笑）。はじめて旅した京都、大阪。何度も行った沖縄、北海道。毎日のように通い、じゃれあっていた渋谷のマンション。ヴァカンスのたびに出かけた、世界各地の南国リゾート。L・A、N・Y、ロンドン、浅草、伊豆、お台場。同居の挨拶に訪れたあたしの実家。そして「これからずーっといっしょだね！」「わーい」って、はしゃいでいた、この新居。

実家を出てから、引越ししまくり（契約更新したことナシ）のあたしだったが、さすがに「このおうちは、しばらく住むんだろうなー」と思っていた。どんな出会いがあっても、誰と盛り上がっていても、おともだちや占い師がなんと言おうと（笑）、不思議なことにダーと離れる日がくるとは考えていなかった。ひたすら楽しかったから。肌も気持ちもぴったりくっついている、分身みたいに思っていたから。

それがいやはや。

こんなふうにひとり、荷物をまとめる日がくるとはね。ほんと、人生って読めないね。いまはこんなに悲しいけれど、しばらくしたら「あんな時代もあったなあ…」と懐かしく思うに違いない。ダーもきっと。人ってそういうものだという気がして、それも切ない。

…そんな感慨にひたったり、泣いたり、原稿を書いたり、飲んだり、本を読んだり、もう一度アルバムを眺めているうちに、結局朝になってしまった。「写真も、ぜんぶ持っていってほしい。残されるのはつらい」とダーは言っていた。いったん、二人のアルバムは終了ね。

週明けには、お引越しである。

12月

新しい
春に向かって、
旅立つ

12/1 (sun)

最後の夜、うちのデブが言うことには

「蝶々ッ、蝶々おーッ」。はじめは、夢だと思った。誰かがあたしの名前を呼んでいる。っていうか、ほとんど絶叫してらっしゃるみたい…。「僕だ！　蝶々、僕、僕！」。

玄関の向こうで大騒ぎしているのはダーだった。「あーごめん、おがえり」パジャマに爆発ヘアのまま、チェーンロックを外す蝶々。「早いね？」時計を見れば9時である。「し、仕事があるんだ」と言いつつ、和室に固めておいたダンボールの山から目が離せないらしきダー。「本当に、荷物をまとめたんだね、キミは」。蝶々がプレゼントした、カシミアのえんじのマフラーを外しながらため息をつく。「今日どうする？」質問には答えず、明るく聞いてみる。だって、ダー、もう、1日しかないんだよ？　そんなこと話してどうするの？　明日にはあたし、出て行くんだよ？

苦しんで苦しんで、決めた答えだ。あとはもう、残された二人の時間をひたすら楽しく過ごしたい。と、「◎◎通りに、美味しいラーメンがあるんだよ」突然ダー。「アッサリしているのにコクがあって、まろやかで、本当に美味しいから、キミも連れてってあげる」。起き抜けにラーメンが食えるかよ！　と思ったが、きょうは素直に付いていく。

雨のちらつくうす暗い海岸通りを、手をつないで歩く。通りからちょっと奥まった場所にある店に着く。ダーは醤油、蝶々は塩ラーメンを注文。湯気の立つそのラーメンは、寒いせいをさしひいても、本当に美味しかった。「だろ?」得意げなダー。「蝶々が遅い夜、よく一人で来てたんだ」さらっと言う。「これからもっと通ってますますデブるね♪」わざと明るく言うしかないよ。

店を出たあとは、近所の大型デパートで、ショッピング。蝶々は、FAX電話と冷蔵庫を買い、ダーは掃除機を買う。これまでは、二人で1つのモノを使えばよかったけど。前の引っ越しで、ぜんぶキレイに捨てちゃったけど。明日からは、それぞれにそれぞれが必要なのだ、と再確認。胸がチクっとする。

帰宅後は、寝室ですっかり冷えたカラダを温めあいながら、軽くまどろむ。夜は、水辺のレストランへ。マティーニとビールで乾杯し、目の前を流れる川を見つめながら、いろいろな話をした。

出会った頃のあたしは、いつもケラケラ笑っていて、もう少しふっくらしていた、という。「この3年半で、蝶々には、いろんなことがあったからね」とダー。ダーと出会って、パパが死んで、ゲンがあらわれ、銀ホスになって、本を出して、忙しくなっていって…。そうだね、だけど、蝶々は蝶々で、芯は何も変わっていないよ。出ていくことを決めたけど、今でもダーを愛してるし。

「いや、キミは変わったよ」今夜は、優しい目のままのダーが続ける。「僕の他に、もっと大切なものができたんだよ」と。コトバにつまった。〝もっと大切なもの〟がはっきり何かはわからなくても、それを、否定はできなかった。

「これは、やっぱり、挫折だな」とダー。「?」「だって、僕はキミとの未来を真剣に描いていたんだよ。ちょっとやんちゃなキミがいる、楽しい家庭をつくりたかったよ。そのために、僕なりにできることはすべてしてきたつもりだよ。だから、こんな風になって、悲しいよ」「あたしだって…」ダーは分身だったのだ。身がちぎれそうなくらい、悲しいよ。

しかしどうにも無口な蝶々に比べ、今夜のダーは、静かだけど饒舌である。「でも、僕ね。この別居は、起承転結の〝転〟じゃなく、〝序破急〟じゃないかと思ってるんだ」「ジョハキュー?」。「そう、能のコトバなんだけどね。能では、〝破〟れたあとに、物語が〝急〟激に良い方向に着地するんだよ」。きっと僕たちもそうだよ、またきっと仲良くなるよ、僕が将来家を建てるとき、そのときキミが、僕のそばにいてくれるといいなと思うよ」。

…何もコトバが出てこなかった。先のことも、自分のこともわからない。本当にわからない。ついこの夏までは、ずっと一緒にいることを少しも疑わなかったのに。こんなに大好きなダーのもとを、あたしは明日旅立つのだから。わかるのは〝好き〟と〝悲しい〟という気持ちだけ。そして明日の午後には、運送会社が迎えにやってくることだけだった。

12/2 (mon) 出発の日

朝方、ベッドの中でふと「あたしのどこが好き?」と聞いてみた。「今、そんなこと聞いてどうするんだ…」やっぱりダーも起きていた。暗闇のなか、暖かいため息をつきながら「どこなんてないよ。ぜんぶだよ。存在そのもの」。「…でも、どこ? 一番はどこ?」としつこく聞くと、しばらく沈黙があったあと、「…少女みたいなところだな」と意外な答え。

「キミは、見た目よりずっと、本質が少女だから」威張っても、乱暴な言葉を使っても、足げにされても(笑)可愛い、と言う。「そのことを、誰も知らないだろうと思っていたよ。これは僕だけが知っている〝ほんとうの蝶々〟だって。でも、他にも知っている人がいたんだね」と。ゲンのことである。

当然のことかもしれないが、あの修羅場から、ダーはずっとゲンを異常に意識していた。ことあるごとに、ゲンの名前を出し、〝あの日〟に戻って、あたしをなじった。でも、皮肉なことに「つぎの世界へ行きたい、新しくはじめたい」と思うようになるにつれ、あたしの中では、ゲンのプライオリティすら下がっていった。じぶんでも「ほんとひでー…」と思うんだけど、ゲンもそれに気づいていて「蝶々は、旅立つんだな？　気が向いたときでいいから。会えなくなるのだけは、勘弁してくれ」とずいぶん前から言ってた。

でも、ダーだけは、最後までそれには気づかなかった。ひとつ屋根で暮らしていると、距離が近すぎて、相手の正確な像を見られないのかもしれない。それとも、わけのわからないものに奪われた、と思うより、きっかけをつくったゲンを憎んでいたほうが、かえってラクだったのか。今となっては、よくわからない。

そして、本当の朝がやってきて、ダーが会社に行ってる間に、あたしはダーのシャツにボタンをつけ（ずっと頼まれていたのにほっといてた）、この家を出た。花や緑や蝶々やらで、にぎやかだったこの部屋も、大きな家具がぽつん、ぽつんとある無機質な空間に変わった。ソファに座って、そのさみしい部屋を見渡しながら、今夜ここに帰るダーは、どんな気持ちになるんだろう。と思うと、いたたまれない気持ちになる。

「さよなら」とつぶやいて、玄関を出ては、また引き返した。でももう、出発の時間がやってきた。

駐車場でトラックの助手席にのろうとしたとき、「おねえちゃん、どこへいくの？」と、後ろから子供の声がする。振り向くと、黄色いスクール帽をかぶった小学生の女の子。生意気そうで可愛い子だったので「ここに住んでるの？　名前はなんていうの？」業者さんを待たせたまま、つい話しかけてしまう蝶々。

「わたし1階だよ、おねえちゃんは？」「12階よん」「家族で住んでたの？　うちはねー、パパとママとあいちゃんと、わたし！」「おねえちゃんはねー、おじちゃんと住んでたの。太っててヒゲもじゃの人。知ってる？」。言いながら笑い泣きしそうになる。

「えー！　そんな人と住んでたのー」しかも子供もノリノリである。「でも、もうおじちゃん一人で暮らすから、たまには12××号室に遊びにいってあげて。いい人だよ。プロレスしてくれるよ」。

…突然ぽろっと涙をこぼしたりして、子供を驚かすのがイヤだったので、つとめて明るく無責任なことを言う。その会話をすっかり聞いていたらしい業者のおじさんが、車を走らせながら「…いいんですか。あんなこと言って、旦那さん、幼女誘拐未遂とかで捕まりませんか？」とまじめに心配してたのが、おかしかった。「そしたら、差し入れにいきますよー」と笑いながら、「これからどこへ行くのかなあ」とふと思う。

ダーとあたし。デブと少女。和尚と小悪魔。好きだからこそ、最後は苦しかったけど、ほんとうに楽しくて暖かだった春夏秋冬。この先は、いっしょじゃなくてもいい。二人が幸せであればいい。

トラックに揺られながら、そうココロから願った。

12/4 (wed) みなさんありがとう

今、そういう気持ちでいっぱいです。【銀悪2】とは、もうちょっとおつきあいください。蝶々とは、末長くおつきあいくださいね(笑)。

…余計なことはいっぱい書けたのに、最後のご挨拶が、うまく言葉にならないわ。

励ましてくれて、見守ってくれて、教えてくれて、つっこんでくれて、笑ってくれて、遊んでくれて、いじってくれて、読んでくれて。みなさん、ほんとうにありがとう。

またきっと会いましょう。らぶ。

あとがき

HI!

N・Yは、5thAVE。緑きらめくセントラルパークがのぞめる、ホテル・ピエールのエレガントな一室にて、さきほどアフタヌーン・ティーといっしょに届けられた、男の手紙を読んでる蝶々です。

差出人は、一昨日、友人と訪れた、Down townのクラブで出会った弁護士くん。なぜ蝶々にひきつけられたのか、という手紙を、電話もよこさず届けてくれたの（アメリカ人ぽいね）。その1番に、「Eye's that knew」、「Lips & teeth that create a smile of one who knows」。どうやら、「わかってる女」だと、一生懸命ホメてくれているみたいだ。

でもね、恋愛と人生がどう転ぶかなんて、いまだ、てんでわからない。それは確か。OLを辞め、作家ときどき銀ホス（ネタ収集のため♪）となり、現在では、こうして世界中をあちこち旅ばかりしながらも、専業のモノカキとして、のびのびと生きている。それは事実だけど。そして、すべては、この日記に書いていた2年前の日々、〝愛の巣〟を旅立ったあの日から、スタートしたように思う。

正直いって、前作の『銀座小悪魔日記』は、出版後もずっと、ちょっと、恥ずかしかった。WEBでの人気と調子にのって、流されて出版した、文字通り若気のいたり満載日記で。でもこの作品は、恥ずかしくない。「これ、単なる修羅場の話じゃありません。蝶々さんという一人の女性が、こじれた愛憎の中で、自分を見つけ、自立するまでのお話です」と初対面のときにキッパリ言ってくれた、担当編集者大垣陽子さんとの出会いがあって、「あー、彼女となら、いい本がつくれる」と確信し、出したくて、出した本だ。こんなに野暮で見苦しく、力の限りモメてた男女がいたこと、そして、蝶々が、どうして現在のような、モノカキ・蝶々になったのか。たくさんの男女に読んで、あれこれ感じていただけたら、最高です。

最後に。別離期間とすったもんだと、世界をまたにかけた追いかけっこを経て、ダーリンが、今でも再び（カタチは違えど）、あたしのダーリンにおさまっているということも、ココに記しておきたいと思う。スゴイよね。「二人には、呆れて言葉が出てきません」って、家族兄弟友人も、ぽかーん、だよ。いえ、こんな展開、あたしも想像してなかったし。

この先も、どうなるかなんてわからない。このN・YでのエキサイティングDAYSのように、出会いも仕事も、日々、生まれたり死んだり、からみあったりつながったり、広がったり深まったり、絶えず動いているものだから。だからこそ、人生も恋愛も、本当に味わい深くて、読めなくて、面白いったらありゃしない。あたしはいつでも、両目を開いてそれらを見、全身丸投げにて、満喫していきたいなと思う。そして今後も、書いてくつもり☆

2004年、9月　初秋のザ・ピエールにて

蝶々

ふたつの蜜月
銀座小悪魔日記

二〇〇四年一〇月二七日　初版第一刷発行

著者　蝶々
発行人　北脇信夫
発行所　株式会社　宙(おおぞら)出版
〒162-8611 東京都新宿区早稲田鶴巻町五四三
電話　〇三―五二二八―四〇七四(編集)
〇三―五二二八―四〇六〇(販売)
〇三―五二二八―四〇五二(資材製作)
http://www.ohzora.co.jp/

装丁　名和田耕平
装画　平野瑞恵
編集　小佐野雅代・大垣陽子
印刷所　図書印刷株式会社
製本所　株式会社若林製本工場

ISBN4-7767-9068-8